Rendida al jeque

Annie West

Bianca™

✦ HARLEQUIN™

Editado por HARLEQUIN IBÉRICA, S.A.
Hermosilla, 21
28001 Madrid

I.S.B.N.: 978-84-671-5790-1
Depósito legal: B-51580-2007
Editor responsable: Luis Pugni
Composición: M.T. Color & Diseño, S.L.
C/. Colquide, 6 - portal 2-3º H, 28230 Las Rozas (Madrid)
Fotomecánica: PREIMPRESIÓN 2000
C/. Algorta, 33. 28019 Madrid
Impresión y encuadernación: LITOGRAFÍA ROSÉS, S.A.
C/. Energía, 11. 08850 Gavá (Barcelona)
Fecha impresion para Argentina: 7.7.08
Distribuidor exclusivo para España: LOGISTA
Distribuidor para México: CODIPLYRSA
Distribuidores para Argentina: interior, BERTRAN, S.A.C. Vélez
Sársfield, 1950. Cap. Fed./ Buenos Aires y Gran Buenos Aires,
VACCARO SÁNCHEZ y Cía, S.A.
Distribuidor para Chile: DISTRIBUIDORA ALFA, S.A.

Capítulo 1

ALLÍ estaba.

Arik enfocó ligeramente los prismáticos para tener una visión clara. Un sonrisa se dibujó en su rostro. Se sorprendió al constatar lo contrariado que se había sentido unos momentos antes pensando que no había llegado. Su aparición en la playa como una solitaria y perfecta Afrodita de ondulado pelo, se había convertido en lo único interesante en medio del tedio de cada día.

Incluso a quinientos metros de distancia, la visión de los tensos músculos de la parte baja de su cuerpo, hacía que su sangre circulara más despacio debido a la sorda anticipación.

Bajó los prismáticos y se pasó las manos por el rostro.

¡Demonios! ¿En qué se había convertido? Seis semanas escayolado y se había vuelto un mirón. A lo mejor debería haber aceptado alguna de la compañía femenina que se le había ofrecido mientras estaba convaleciente, pero estaba impaciente por tener la pierna curada. No quería mujeres aduladoras cerca alimentando falsas esperanzas de felicidad doméstica o de quedarse en su casa. Había visto la mirada de Helene sólo un par de meses antes y había sabido que era el momento de terminar con su relación.

Un lástima. Helene era lista e ingeniosa, además de seductora y con un apetito por el sexo que le había parecido extraño en una mujer. El tiempo que habían pasado juntos había sido estimulante, satisfactorio y divertido. Pero cuando ella había empezado a pensar en la felicidad eterna, se había terminado.

Trabajaba duro y apostaba fuerte y buscaba mujeres a las que les gustaran las cosas rápidas y cortas. No quería romper corazones. No, lo que necesitaba era diversión, una aventura corta y satisfactoria que le hiciera olvidar la frustración de estar encerrado sin poderse mover.

Alzó los prismáticos de nuevo y lo que vio le hizo inclinarse hacia delante y apoyar los codos en el alféizar.

Su chica de oro había colocado el caballete en la playa en dirección a las rocas, pero en lugar de concentrarse en la pintura se había empezado a desabotonar la camisa.

Arik sintió que el corazón le saltaba en el pecho por la expectación. ¡Sí! Sus manos recorrieron deprisa los botones y después se quitó la camisa dejando ver unos hombros suaves, unos brazos y un cuerpo lleno de curvas que le hicieron desear saltar de la silla de ruedas y correr a ayudarla a acabarse de desnudar. Delgada de cintura pero de rotundos pechos: sería una delicia acariciarla, pensó mientras ella acababa de quitarse los pantalones y dejaba ver las sugerentes caderas encima de unas delgadas y bien torneadas piernas. Justo como había sospechado. Una mujer que valía la pena.

La miró acercarse hasta la orilla donde se deshacían las olas. Vio cómo se detenía cuando el agua le llegaba a los tobillos. Estaría templada y acariciaría su piel. El mar en aquella zona del Mar de Arabia siempre tenía una buena temperatura.

Recorrió con la mirada la espalda, las piernas y de nuevo subió para apreciar sus pechos cuando ella se dio la vuelta. De pronto alzó la barbilla y miró fijamente en su dirección como si pudiera verlo a través de las sombras de la gran terraza.

Un escalofrío le recorrió el cuerpo. ¿Lo habría visto? No, era imposible.

Pero la ilusión de que sus miradas se encontraban durante unos instante fue suficiente para sacarlo de su complaciente observación. Bajó los prismáticos y la miró. Pero ya se había dado la vuelta y se perdía entre las olas mientras el agua hacía desaparecer progresivamente el oscuro bañador.

Hubiera estado mejor en bikini. Mucho mejor desnuda.

La miró mientras nadaba grácilmente mar adentro y se recostó en el respaldo del sillón relajado al ver que el agua era su elemento. No habría ninguna necesidad de un rescate de emergencia.

Nadó unos veinte minutos y luego se quedó en la orilla. La luz rojiza del amanecer había desaparecido. El sol brillaba ya con fuerza y la iluminaba perfectamente mostrando un cuerpo que hacía que se muriera por librarse de la escayola de la pierna para bajar hasta la arena y estar a su lado. Cerca. Poderla tocar y comprobar la textura se sus delicados miembros, su aroma, el sabor de su piel, el sonido de sus gemidos mientras la rendía de placer.

Sintió calor y una oleada de deseo que le hizo moverse en el sillón, completamente excitado e impaciente por conseguir inmediatamente lo que deseaba.

Si hubieran vivido quinientos años antes, habría dado una palmada y se la hubieran llevado. Era una pena que algunas de las viejas costumbres hubieran desaparecido. Desventajas del progreso. De ser un hombre civilizado. Sobre todo cuando había algo completamente incivilizado en lo que sentía por aquella mujer.

¿Quién sería? ¿De dónde? Con aquella melena rubia no podía ser de esa zona.

Una chica guapa, sola, tentadora.

Un hombre aburrido, frustrado e intrigado.

De nuevo una sonrisa apareció en sus labios. No era de los que se quedaban sentados haciéndose preguntas. Era un hombre de acción y así iba a seguir siendo.

Pronto, muy pronto, satisfaría su curiosidad sobre ella. Y más...

Rosalie se recogió el pelo detrás de la oreja y observó su paisaje con mirada crítica. Después de días de esfuerzo había hecho unos progresos patéticos. A pesar de todos los intentos, la escena se le seguía escapando. Había trazado las líneas de la playa y del cabo con acuarelas y jugado luego con óleos. Pero no funcionaba. Tampoco las fotos que había tomado captaban el espíritu del paisaje, su magia.

El rizo traslúcido del mar al amanecer, el imposible rubor de la fina arena a lo largo de la media luna de la playa, el vertical picado del azulado cabo. Y la fantasía moruna de angulosas paredes, arcos perfectos y profundas terrazas que componía el antiguo fuerte que dominaba la línea del acantilado.

Desde la primera mañana que había dado vueltas por ahí y descubierto esa bahía, había experimentado una desconocida sensación de excitación. Había sido una sorpresa. Algo que pensaba que nunca volvería a experimentar.

La belleza del lugar había hecho que deseara pintarlo. Era lo bastante inspirador como para despertar su largamente abandonado talento y convencerla de que valía la pena ponerse manos a la obra. Le había dado el coraje necesario para sacar todos los utensilios de pintar que su madre le había metido en el equipaje.

Pero los años de inactividad le estaban pasando factura. Por mucho talento artístico que Rosalie hubiera tenido alguna vez, era evidente que necesitaba algo más que aquel paisaje espectacular para despertarlo. A lo mejor lo había perdido para siempre. Años atrás hubiera aceptado la pérdida con estoicismo. No le habría alterado dado que su mundo se había hecho añicos. Tres años antes había decidido no pintar nunca más.

Pero en ese momento, para su sorpresa, una esperanza, un excitante temblor, había iluminado su vida. Simplemente para apagarse por la desagradable realidad.

Arrancó la página del cuaderno con disgusto. Faltaba algo.

Sonrió cínica. El talento, era evidente.

Pero también algo más, pensó mientras observaba el paisaje con detenimiento. A pesar de las olas y del vuelo de un halcón por encima del acantilado, la escena carecía de vida.

Permaneció de pie con los músculos en tensión. Daba lo mismo. No podía hacerlo. No era una artista. Ya no. Apretó los labios para contener el súbito temblor de la barbilla.

Estúpida, eso era, una estúpida por pensar que podía recuperar lo que había perdido. Esa parte de su vida había desaparecido para siempre.

Respiró hondo. Era una superviviente, había conseguido salir del miedo y de la furia y del dolor y seguir viviendo. Más que eso, había encontrado la paz y la felicidad en su nueva vida. Una felicidad que nunca había pensado que podría experimentar. Era una mujer con suerte. ¿Qué importaba si no volvía a ser una artista?

Pero le temblaban las manos mientras recogía las cosas y las metía en la bolsa. La verdad era más difícil de soportar después de aquella oleada de esperanza e inspiración. No recorrería otra vez ese camino torturándose por lo que podría haber sido. Se concentraría en otras cosas. En la ciudad con sus minaretes, a lo mejor en el desierto. Olvidaría la inquietante belleza de la desierta bahía y su fortaleza de *Las mil y una noches*.

Había recogido prácticamente todo cuando algo, un sonido o un destello lejano de movimiento, le hizo levantar la vista. Al final de la playa se movió algo. Algo que brillaba a la luz de la mañana temprano. Una forma que se dirigía hacia ella a un ritmo regular y que después, de pronto, se dirigió al mar.

Rosalie miró fijamente y reconoció lo que era. Cómo no iba a hacerlo si su cuñado era criador de caballos. Aquellos dos eran árabes. Su color estaba entre el gris pálido y el blanco comprobó mientras se acercaban y una ola les mojaba los cascos.

Escuchó un relincho y vio a uno sacudirse las largas crines. El hombre que iba encima se inclinó a acariciarlo y a decirle algo. El caballo movió las orejas. Era difícil decir dónde terminaba el animal y empezaba el hombre. Iba vestido de blanco y la V de su escote dejaba ver una piel bronceada. No llevaba silla, pero estaba sentado con la gracia de alguien que ha crecido entre caballos. Sus poderosos hombros y larga figura resultaban extraños al compararlos con la gracilidad de las manos, una en las riendas y la otra sujetando el ronzal del segundo caballo.

Sin ninguna orden perceptible del jinete, los dos caballos siguieron caminando en dirección a aguas más profundas. Cuando el agua les llegaba por las corvas, Rosalie ya tenía en la mano el cuaderno de apuntes y trazaba de modo automático las suaves líneas de los animales que contrastaban con el duro contorno del hombre. Estaba de perfil y por un instante la mano le tembló al apreciar la masculina belleza del jinete. Estaba demasiado lejos para apreciar los detalles del rostro, pero incluso así, había algo cautivador en la inclinación de su cabeza, el ángulo de la nariz, la larga columna de la garganta.

Se le aceleró el corazón al contemplarlo y grabó su imagen en la memoria mientras sus manos volaban por el papel intentando desesperadamente plasmar la sensación de lo que estaba viendo. Y mientras se concentraba en el trío, cada vez más metido en el agua, se dio cuenta de que era lo que necesitaba para completar el paisaje. Algo vivo, vibrante y bello que diera fuerza a la escena.

Por encima del ruido de las olas otro sonido captó su atención... la profunda voz del hombre diciendo algo que sólo podían ser tiernas palabras en árabe. El sonido flotó por encima de las olas y llegó hasta su pecho provocando en él una extraña sensación de calidez. Después el hombre se echó a reír, un sonido grave, como chocolate negro y Rosalie sintió que se le erizaba el pelo de la nuca. Se estremeció y dibujó más deprisa.

Demasiado pronto, el grupo se dio la vuelta y volvió a la orilla. Se habían ido antes de que tuviera tiempo de captar siquiera una parte de lo que estaba tratando de conseguir.

Rosalie dibujaba frenética intentando plasmar la unión entra el jinete y el animal que hacía que se movieran como un todo. Le llevó un momento darse cuenta de que se dirigían hacia ella en lugar de volver por donde habían venido.

Los detalles atrajeron su atención mientras se acercaban: el leve tintineo del arnés, la vibración en las narices de los caballos que la olían, el paso rápido, los pies descalzos del jinete, fuertes y bien formados. Y el modo en que los pantalones mojados se pegaban a su piel revelando unos musculosos muslos. Incluso llevaba la camisa mojada, lo que la volvía transparente en las zonas donde se pegaba a su piel.

Rosalie dejó de dibujar y levantó la vista. La estaba mirando. Tenía los ojos ligeramente entornados para evitar el sol, pero pudo ver que eran oscuros y penetrantes. Se enderezó apenas consciente del atronador latido de su corazón, pero cuando sus miradas se encontraron, se preguntó si era fervor artístico lo que disparaba su pulso o algo más.

Imposible. No podía haber otra razón. En ella no.

Sin embargo no podía negar que era la clase de rostro que encantaría a una mujer. O a una artista. Su cuerpo era ágil y fuerte. Tendría unos treinta años y rebosaba vitalidad. La brisa le revolvía el cabello. El rostro era largo y fino, con unas mejillas angulosas y exóticas. La nariz, ligeramente aquilina, hablaba de decisión y energía, pero las cejas en ángulo y los ojos encapotados estaban hechos para el dormitorio.

Rápidamente apartó la mirada y se agachó para recoger el rotulador que se le había caído al suelo.

A lo mejor se enfadaba porque lo hubiera dibujado. No había pensado en eso. No sabía cómo reaccionaría la gente de allí ante su trabajo. Se preguntó si debería haberle pedido permiso antes.

Sentía la intensidad de su mirada mientras buscaba en la arena.

–*Saba'a alkair* –su voz era grave y más atractiva de cerca.

–*Saba'a alkair* –respondió ella alegrándose de saber decir buenos días en árabe–. Espero que no le importe... –hizo un gesto en dirección al cuaderno y entonces se dio cuenta de que a lo mejor no la entendía–. ¿Habla...?

–Hablo su idioma –respondió antes de que terminara la pregunta–. ¿Le gusta nuestro paisaje?

Rosalie asintió inclinando la cabeza para seguir mirándolo, incapaz de apartar la vista. Tenía unos ojos tan oscuros que el iris no se distinguía de la pupila. Tenía que ser por la luz de la mañana. De cerca sus ojos serían marrones, pero a esa distancia el efecto era de un negro brillante.

–La vista desde aquí es espectacular –dijo con una voz aguda y casi sin respiración–. A la luz de la mañana es perfecta.

–¿Me enseñaría su trabajo? –no tenía ni el más mínimo acento.

Rosalie se dio cuenta de que la pregunta había sonado más a orden que a ruego.

–¿He cometido alguna falta?

Él negó con la cabeza y Rosalie se fijó en el modo en que el negro pelo, ligeramente largo en la parte trasera de la cabeza, se enredaba alrededor de su cuello. Incluso el pelo estaba dotado de una vibrante aura.

–¿Qué haría si le dijera que sí? –dijo con una media sonrisa que removió algo en el interior de ella.

–Lo dejaría, por supuesto.

Que era exactamente lo que iba a hacer de todas formas. Era hipersensible a ese hombre, algo sin precedentes. Desasosegante.

Se puso de pie.

–Entonces es algo bueno que no sea una falta –la media sonrisa se amplió.

Rosalie quedó hipnotizada un instante por el efecto. ¿Cómo podía un hombre con todo ese poder y... sí, autoridad en sus rasgos, parecer tan cálido?

–De todas formas, debería marcharme.

–¿Sin dejarme ver su obra?

Sería una descortesía negarse. Y a pesar de que el boceto no era en absoluto lo que ella hubiera querido, dio un paso hacia él. Se detuvo insegura por los caballos. De cerca eran grandes y esbeltos.

–No se asuste. Layla y Soraya están muy bien educadas. No muerden a nadie, ni siquiera a la mano que les da de comer.

–¿Y ése es usted? –preguntó mientras se acercaba más.

–Sí, pero ésa es sólo una de las razones por las que me quieren, ¿verdad, preciosas? –se inclinó mientras les hablaba y las yeguas relincharon en respuesta.

Entonces les hizo avanzar un poco y Rosalie se encontró rodeada por los dos animales. Sintió el calor que desprendían. El olor a caballo mojado era de algún modo reconfortante, pero también olió algo más que se intensificó cuando el jinete se inclinó para alcanzar el cuaderno. Algo fuerte, como a sal y especias: el olor de un hombre.

Rosalie respiró profundamente y dio un paso atrás chocándose con una de las yeguas. Alzó la vista y se encontró con la mirada de él.

–¿Me lo enseña? –volvió a decir en un susurro que envolvió su piel como un lazo de terciopelo.

–Por supuesto.

Sostuvo el cuaderno y se lo mostró. Lo que Rosalie vio le hizo detenerse y dudar un instante. El primer esquema, el de los caballos dirigiéndose al agua, era salvaje, áspero, pero captaba con precisión lo que ella había visto: la elegancia de sus movimientos y su orgulloso comportamiento.

Sin esperar ningún comentario de él, pasó la hoja. Otro boceto: el arco del cuello, los belfos abiertos y los ojos oscuros. Vivo, real, mejor que todo lo que había hecho en los días anteriores. Otro boceto: un borrón que producía una efectiva impresión de movimiento. Otro: un caballo y un hombre que se movían como un centauro saliendo del agua.

Rosalie contuvo la respiración.

–Tiene mucho talento –dijo por encima de ella.

Pero estaba tan impactada por lo que había visto que no dijo nada, se limitó a pasar otra hoja y se descubrió mirándole las manos, unas manos grandes y cuadradas, fuertes.

–Mucho talento –dijo sacándola de su ensimismamiento.

–Gracias –dijo Rosalie mirándolo a los ojos.

Incluso a esa distancia parecían negros. ¿Cómo de cerca tendría que estar para ver su auténtico color?

–¿No le importa que les haya dibujado? Los caballos son tan bonitos que no me he podido resistir.

Él se inclinó más cerca y a Rosalie le costó tragar mientras se preguntaba qué habría detrás de aquellos ojos. Ésa no era una mirada relajada. Parecía... calculadora.

–Me siento honrado de que haya elegido a Layla y Soraya para sus bocetos –Arik se abstuvo de referirse a sí mismo.

Rosalie parecía nerviosa, con los ojos muy abiertos y confundida como si no hubiera visto nunca a un hombre. Aunque aquellos bocetos demostraban que sabía cómo era un hombre. Seguro que ese interés por la forma y los detalles significaban que era alguien muy sensual.

Al instante, la anticipación incendió su sangre y tuvo que concentrarse para mostrar un expresión de interés moderado.

La primera vez que la había visto esa mañana lo había dejado decepcionado. Le había parecido muy joven, demasiado joven para lo que tenía en la cabeza. Pero cuando se había acercado a ella se había dado cuenta de que el aire de fragilidad no se debía a que fuera extremadamente joven, a pesar de que tenía que andar en los veintipocos. Había una firmeza alrededor de su exuberante boca y una gravedad en sus ojos que le decían que no era inocente.

El alivio había sido algo físico, una ola que había relajado la tensión de sus hombros.

–¿Prefiere los paisajes o las cosas vivas?

–Los... dos –cerró el cuaderno y se volvió a mirar a Soraya.

Pero Arik vio la mirada furtiva que le dedicó por debajo de las pestañas con esos ojos entre el verde y el gris y tan misteriosos como el humo en el agua.

Deseó bajarse de su montura para colocarse a su lado, lo bastante cerca para poderla rodear con los brazos y sentir su calor.

Pero, reconoció, era demasiado orgulloso. Si bajaba, la pierna rígida no le permitiría volver a montar solo.

Se fijó que no llevaba anillo, pero quiso asegurarse.

–¿Está aquí de vacaciones?

Ella asintió despacio y después metió el cuaderno en una bolsa.

–Sí.

–¿Y a su marido no le importa que se aventure a salir sola? –si hubiera sido suya la habría tenido cerca.

Ella se detuvo apretando la bolsa con tanta fuerza que los nudillos le palidecieron.

–No tengo marido –en su voz se apreciaban fuertes emociones.

–A su pareja, entonces. ¿Tampoco le importa?

Se puso derecha y se apoyó el puño en la cadera. Lo miró con ojos de fuego verde.

–Su inglés es excelente –dijo casi como una acusación.

–Gracias –dijo mirándola con intención.

–No hay ningún hombre que tenga nada que decir por lo que yo haga –había una amargura en su voz que le interesó–. Supongo que no es lo habitual en un país como Q'aroum.

–Se sorprendería de ver lo independientes que son las mujeres de Q'aroum –su propia madre era un ejemplo.

Arik sonrió y se dio cuenta de que la atracción no iba sólo en un sentido. Así que sólo tenía que darle la oportunidad y pronto estaría disfrutando de las delicias de su cálido cuerpo, aunque algo en ella, algo como que estuviera dispuesta a desaparecer a la más mínima provocación, le hizo atemperar su impaciencia.

–Intentaré verla otra mañana –dijo mientras tiraba de las riendas.

–¿Volverá mañana?

Arik se encogió de hombros.

–No había planeado venir aquí –hizo una pausa–. ¿Quiere volver a ver a las yeguas? ¿Es eso? ¿Quiere dibujarlas?

Ella asintió.

–Si no le importa. Sería maravilloso. Me gustaría... –se mordió un labio y siguió–. Me gustaría pintar el paisaje con ellas aquí. Si es posible.

–Supongo que podría arreglarse –dijo después de un momento–. Puedo pedirle a Ahmed que las traiga.

Silencio. Volvió a morderse el labio y unió las manos.

–¿No vendrá usted montado? –preguntó finalmente.

–¿Le gustaría volverme a ver?

Rosalie se ruborizó hasta la raíz del pelo. Reaccionó como una virgen que se enfrenta al deseo por primera vez, pero en sus ojos se podía ver otra historia. Tenía más experiencia que ésa, aun así la mirada le intrigaba. Sería un placer aprender más de esa mujer.

–Para pintarlo... si no le importa.

–Supongo que podría venir montado. Si realmente me quiere aquí.

Las palabras quedaron vibrando entre los dos en medio del silencio. Si lo quería... Supo por el intenso silencio que ella lo quería.

–¿Cuánto tardará? –mejor si parecía que le estaba haciendo un favor.

–Poco. Tres o cuatro mañanas –no podía contener la excitación, se le notaba en el brillo de los ojos.

–Cuatro mañanas –hizo una pausa–. Muy bien. Le concedo esas mañanas –no pudo reprimir una sonrisa–. Si usted me concede las tardes.

Capítulo 2

LAS TARDES? Rosalie parpadeó. Tenía que haberlo soñado.

Pero al mirar esos ojos, no tuvo dudas. El diablo estaba ahí, tentándola en la oscuridad, proponiéndole hacer algo estúpido como decir que sí.

¿Sí a qué? No podía ser lo que estaba pensando, ¿verdad?

—Perdón, ¿qué ha dicho?

—Le dedicaré mis mañanas hasta que haya terminado su obra si, a cambio, pasa las tardes conmigo.

—No comprendo –dijo ella apartándose un momento.

¿Quién era ese hombre? De pronto la sensación de que la estaba rodeando con los caballos adquirió un sentido más siniestro. Un escalofrío le recorrió la espalda y se le secó la boca.

Sintió un intenso temor, repentino y completamente incontrolable.

La miró fijamente como si supiera lo que estaba pasando por su cabeza. Alzó las cejas un segundo y luego las yeguas empezaron a moverse alejándose de ella. Sin sus cálidos cuerpos cerca, la brisa del mar le pareció fría de pronto.

—Es bastante fácil –dijo mientras obligaba a darse las vuelta a los animales–. Me estoy recuperando de una herida y estoy aburrido de mi propia compañía. Ya tengo movilidad de nuevo, pero el médico me ha prohibido viajar hasta que termine la fisioterapia –se encogió de hombros–. Unas pocas horas de compañía alejarían mi cabeza de todas esas cosas que quiero hacer pero que no puedo.

Dudó que fuera un hombre que tuviera que recurrir a una extranjera para tener compañía, pero incluso en ese momento, con los nervios en tensión a causa de la subida de adrenalina, seguía sintiendo su atracción. Irradiaba poder y algo fuertemente masculino. Algo que hacía que sintiera una especie de agujero, de vacío dentro de ella.

—Seguro que tiene amigos que...

—Ése es le problema —murmuró él—. En mi arrogancia, por mi impaciencia por acabar con esto, les prohibí que me visitaran hasta que estuviera bien —dibujó una sonrisa de arrepentimiento que le hizo parecer más joven y cercano—. Llámeme orgulloso, pero no quiero compasión mientras cojeo.

—Aun así, no creo que...

—Soy bastante respetable —le dijo y el blanco de los dientes en medio de su sonrisa le hizo pensar que no tendría que vocear su respetabilidad normalmente—. Me llamo Arik Kareem Ben Hassan. Ésa es mi casa —señaló al fuerte en lo alto del acantilado.

Rosalie abrió los ojos de par en par. ¿Vivía en ese enorme castillo? Había pensado que sería un museo o algo así.

Por la forma de hablar y el modo que manejaba los caballos, pensó que no sería un sirviente; además hablaba inglés de un modo fluido, así que habría viajado bastante. ¿Sería el dueño del castillo?

—Puede preguntar por mí en su hotel, todo el mundo me conoce... pregunte por el jeque Ben Hassan.

Rosalie levantó las cejas. ¡Un jeque! Era imposible que pudiera haber dos hombres tan impresionantes, los dos con el mismo título, allí, en Q'aroum.

—Pensaba que el jeque era el príncipe —así era como se trataba a su cuñado, aunque para ella siempre había sido Rafiq, el hombre que había enamorado a su hermana.

El hombre que tenía delante negó con la cabeza.

—El príncipe es el jefe del estado, pero cada tribu tiene su propio jeque. Mi gente vive en las islas más orientales de Q'aroum y yo soy su jefe —le dedicó una sonrisa deslumbrante—. No se preocupe, en contra de lo que dicen los cuentos y a pesar de las tentaciones, no solemos raptar a las bonitas extranjeras rubias para nuestros harenes. Ya no.

Rosalie abrió la boca para preguntar si alguna vez había sido ésa la costumbre, pero se dio cuenta de que ya conocía la respuesta. Aquellas islas estaban plagadas de cuentos exóticos sobre saqueos y piratería. Su famosa riqueza había empezado siglos antes por el saqueo de los barcos que pasaban cerca. Sus habitantes tenían desde hacía siglos fama de ser fieros guerreros que valoraban no sólo la riqueza sino también la belleza. Como resultado, en sus botines había, si había que creer las leyendas, hermosas mujeres tanto como riquezas materiales.

—Ahora me encuentro en desventaja —continuó Arik—. Ni siquiera sé su nombre.

—Rosalie. Rosalie Winters —se sintió torpe allí de pie, con las manos unidas mientras miraba hacia arriba a ese hombre.

Era evidente que no tendría ningún motivo importante para desear su compañía. Un hombre con su aspecto y, sin duda, rico, no se interesaría por una turista australiana. Estaría aburrido, eso era todo, o intrigado por encontrar a alguien en su playa.

—Un placer conocerte, Rosalie —su voz era profunda y suave—. Llámame Arik.

—Gracias —inclinó la cabeza y apretó los labios en una tensa sonrisa.

—Tengo muchas ganas de empezar con nuestras tardes juntos —dijo y dejó caer los párpados un segundo.

Rosalie negó con la cabeza. Imposible. Había aprendido bien la lección. No se podía confiar en los hombres y sus deseos. Volvería a tener juicio en cuanto él se fuera.

–Lo siento, pero...

–¿No quieres estar conmigo? –pareció sorprendido como si nunca lo hubieran rechazado.

–Gracias por la oferta –dijo ella consciente de la necesidad de no ofender–, pero no me sentiría cómoda sola con un hombre al que no conozco –eso era cierto y así no tenía que explicar que era su poderosa masculinidad combinada con el brillo que había visto en sus ojos lo que le hacía no poderse quedar sola con él.

La miró con las cejas levantadas. Su mirada era tan intensa que Rosalie hubiera jurado que quemaba y un ligero rubor cubrió su rostro. Se sintió vulnerable, como si él pudiera ver sus temores e inseguridades, como si al observarla la desnudara de todas las capas de protección con las que se había recubierto.

–Tienes mi palabra, Rosalie, de que nunca llevaré mis atenciones adonde no quieras –dijo con cada músculo de su rostro, de todo su cuerpo, rígido en un gesto de orgullo.

Rosalie sintió que su incipiente rubor se convertía en un profundo carmesí que le subía como una ola hasta las mejillas, pero siguió de pie y le sostuvo la mirada.

–Aprecio tu promesa –dijo evitando llamarlo por su nombre– y me disculpo si te he ofendido, pero...

–Pero tienes razón en ser cauta con los hombres que no conoces –asintió y algo de la tensión de su rostro se relajó. Sonrió.

¿Qué le estaba pasando?, pensó Rosalie. No era más que un desconocido. A pesar de que fuera guapo y atractivo, no debería significar nada para ella.

–No quiero hacerte sentir incómoda, pero apreciaría tu compañía. Soy un mal paciente. No estoy hecho para la soledad y el reposo –de nuevo se encogió de hombros–. A lo mejor podríamos visitar alguno de los monumentos de la zona si eso te resulta más fácil. Siempre hay mucha gente en la plaza del mercado y en la ciudad vieja. No estaremos solos.

Ya sí que se sentía realmente incómoda, como si se hubiera pasado de cautelosa.

–Y –añadió él con lentitud deliberada– el placer de tu presencia será una recompensa adecuada por mi ayuda para tu obra de arte.

Rosalie dudó. Recogió la bolsa con sus cosas para darse tiempo para ordenar sus ideas. Ese hombre la ponía nerviosa, sus manos sudorosas y el nudo en el estómago eran prueba de ello. Su interés, su excitación le preocupaban. El miedo a lo desconocido.

Por otro lado estaba la pintura. La emoción de la energía creativa que había experimentado esa mañana era algo embriagador, adictivo. Prometía algo maravilloso. Casi había abandonado la idea de volver a trabajar y, a lo mejor, esa obra era lo que necesitaba para reencontrarse con el arte. ¿Cómo podía dejarlo pasar? Podía ser su última oportunidad.

Dejó escapar un profundo suspiro y buscó la mirada de Arik.

–Gracias. Apreciaría recorrer la isla con alguien que la conoce bien.

Así de simple, fácil: no se acababa de comprometer a algo abiertamente peligroso. Entonces, ¿por qué se sentía como si hubiera dado un paso hacia lo desconocido?

La sonrisa de Arik fue como un destello que casi dejó a Rosalie sin respiración.

–Gracias, Rosalie –su nombre en los labios de él sonaba diferente, exótico e intrigante–. Y te prometo que nunca haré nada que tú no quieras. Sólo tienes que decirlo si no quieres algo.

Rosalie miró la expresión de satisfacción en su rostro, su gesto relajado y se preguntó si habría tomado la decisión correcta. Parecía tan... presumido, como si hubiera conseguido más de lo que ella imaginaba.

Tenía que ser su excesiva suspicacia de siempre. Se había acostumbrado a desconfiar. Había olvidado confiar en la gente. A lo mejor era su oportunidad para cambiar, para poder relajarse y no volverse de hielo cuando estaba al lado de un hombre.

–Gracias... Arik. Ya estoy deseando verte mañana por la mañana.

Arik la miró darse la vuelta y marcharse descalza por la arena mojada.

El sonido de su voz pronunciando su nombre, la visión de su boca había hecho que se le tensaran los músculos del vientre. Sentía en esa parte de su cuerpo un dolor que se había intensificado cuando la había visto tan de cerca.

Desde lejos Rosalie había sido deseable, pero de cerca era impresionante. Sus ojos eran grandes y sorprendentemente inocentes, con mucho más encanto que los de la mayoría de las mujeres. Su piel parecía suave como un pétalo de flor y hacía que deseara acariciarla. Su rostro con forma de corazón, el perfecto arco rosado de su boca y su pelo dorado... Era soberbia.

Había algo más en su atractivo. Y no sólo su aire de vulnerabilidad, que había despertado en él un deseo de protegerla y que le había hecho dudar de si sería capaz de llevar a cabo su plan de conquistarla y después deshacerse de ella.

A lo mejor era que ella no se había interesado por él de inmediato. Desde la pubertad las mujeres lo habían perseguido. Sólo tenía que mostrar un poco de interés para tener a la mujer que deseara. Incluso enterarse de que era un jeque sólo había despertado en ella curiosidad. Otras mujeres en cuanto lo sabían empezaban a fantasear sobre su vida sexual sin considerar el resto de obligaciones que suponía su cargo.

No era que pensara que la mujer adecuada para él tuviera que interesarse por su vida sexual... De momento, la mujer adecuada era Rosalie Winters. Era algo nuevo: guapa, seductora y parecía totalmente ajena a su propia capacidad de seducción. Ese aire de inocencia era increíblemente excitante, incluso para un hombre a quien nunca había interesado desflorar vírgenes. Al principio había pensado que nunca habría estado con un hombre... hasta que había visto el recelo en sus ojos. Había estado al menos con un hombre y evidentemente la había decepcionado.

¿Quién sería Rosalie? ¿Cómo había conseguido afectarle tanto? ¿Por qué pensaba que seducirla sería una experiencia inolvidable?

Arik estaba decidido a descubrir sus secretos. Disfrutaría tanto averiguando lo que ocurría en su cerebro, como poseyendo su cuerpo. Era un reto como nunca antes se había encontrado.

La vio desaparecer tras las rocas al final de la playa. No se había vuelto a mirarlo ni una sola vez. Como si hubiera sabido que seguía allí, mirándola, anticipando el día siguiente con impaciencia.

Recordó la promesa que le había hecho de no hacer nada que ella no quisiera. Sonrió. Claro que ella disfrutaría de lo que él tenía previsto. No era un jovenzuelo inexperto, ni un egoísta que sólo buscaba su propio placer. Era un hombre que sabía apreciar el placer que provoca una mujer completamente satisfecha. Sus amantes nunca se habían quejado de su capacidad para excitarlas y satisfacerlas.

No, a pesar de su desconfianza, estaba seguro de que Rosalie nunca diría ni una palabra que impidiera que los dos disfrutaran juntos.

Rosalie se detuvo al llegar al cabo. Señalaba el final del territorio seguro. El punto sin retorno. Detrás quedaba la ciudad, todavía dormida a la luz del amanecer. Delante la cala privada con su antiguo fortín, y el peligro. Lo sentía en sus huesos. ¿Pero qué clase de peligro? El día anterior seguramente había reaccionado excesivamente, dominada por la excitación de volver a pintar gracias a él.

Respiró hondo. ¿Realmente quería hacer eso? La tarde anterior, mientras se mantenía ocupada con Amy, sus pensamientos habían vuelto al hombre que había conocido pasado ese cabo: Arik Ben Hassan. Era un hombre distinto a todos los que había conocido.

Sintió una espiral de excitación en el vientre. La misma sensación que todo el día anterior y eso le recordaba que, a pesar del modo en que había elegido vivir y de sus necesidades largamente reprimidas, era, después de todo, una mujer. Con la debilidad de una mujer por un hombre que era el paradigma del poder masculino, de la fuerza y la belleza.

Eso explicaba su noche sin descanso. Los sueños perturbadores. Se había despertado una y otra vez para descubrirse con el corazón desbocado.

La primera vez que había sufrido esa ansiedad. Su madre y Amy habían salido para la capital esa tarde para estar con Belle, la hermana de Rosalie, y su familia. En principio Rosalie había planeado ir con ellas. Nunca había pasado una noche alejada de Amy desde que su hija había nacido, y la separación había sido tan dura como había imaginado. Y no porque Amy hubiera estado triste, todo lo contrario, estaba encantada con la idea de volver al palacio y ver a su pequeño sobrino.

Había sido su madre la que le había convencido para quedarse. Maggie Winters se había sentido emocionada al ver que su hija se había llevado las cosas de pintar esa mañana mientras Amy dormía. Había insistido para que Rosalie se quedara unos días más en la casa que Rafiq les había preparado. Un tiempo sola le haría bien, había insistido. Rosalie nunca había tenido un solo descanso desde que era madre soltera. Necesitaba tiempo para ella misma y también sería bueno para Amy vivir algo diferente unos días. Su madre había insistido tanto y Rosalie no había sido capaz de resistirse. Le debía tanto a su madre...

Rosalie se estremeció al recordar ese día tres años antes en que se había lanzado a los brazos de su madre tras salir tambaleándose de un taxi. Estaba mareada, apenas era coherente debido a la conmoción, pero su madre la había apoyado, ni siquiera le había preguntado detalles hasta que Rosalie había estado preparada para hablar. Y entonces le había contado todo: la cita de viernes por la noche, la fiesta, la bebida y ella saliendo de la cama de un extraño sabiendo que había sido atacada. Violada.

El recuerdo todavía le hacía sentirse mareada.

Sabía que había sido el amoroso apoyo de su madre lo que le había dado fuerzas para dejar todo eso atrás y empezar una nueva vida. Especialmente dado que esa vida incluía a Amy, legado de aquella noche espantosa.

A pesar de los progresos que había hecho y de lo maravillosamente que se sentía con la maternidad, sabía que su madre, en secreto, estaba preocupada por ella.

Hubiera sido mucho más seguro haber viajado con su familia a la capital que aventurarse en lo desconocido. ¿Estaba preparada para tratar con un hombre como Arik? Un hombre que seguramente tendría el mundo a sus pies y a quien se le había antojado su compañía. Dada su trayectoria, era la persona menos apropiada para mantenerlo entretenido con una charla insustancial y observaciones ingeniosas. Si era eso lo que él esperaba.

No sabía nada de ella. Y así quería ella que siguieran las cosas. Especialmente desde que había ocupado sus pensamientos, incluso sus sueños, las últimas veinticuatro horas. Era peligroso para el delicado equilibrio de su vida, pero era la llave para volver a pintar. Al menos de momento.

Se recolocó la bolsa en el hombro y siguió andando.

Llegó hasta ella como un príncipe de cuento de hadas: fuerte, silencioso y decidido. Rosalie trató de sonreír para aliviar la tensión del momento.

No funcionó.

Verlo allí, alto y atractivo, esa vez con unos pantalones beige y otra camisa blanca, hizo que se le aflojaran las rodillas. Según se acercaba sentía más el sonido de los cascos de los caballos, su vibración en la arena. El viento tiraba de la camisa para atrás provocando que se marcaran los músculos de su torso y la anchura de sus hombros. La luz del amanecer remarcaba los ángulos de su rostro.

Rosalie tragó con dificultad y buscó el agua que había llevado. Tenía la boca seca. Sintió un deseo que le resultó desconcertante por desconocido.

Aquello era un error. Un desastroso error, pero era demasiado tarde. Ya la había visto y era demasiado orgullosa para darse la vuelta, marcharse con el rabo entre las piernas y dejarlo allí peguntándose de qué se habría asustado. Sobre todo porque ella tampoco conocía la respuesta.

–*Saba'a alkair* –se inclinó gravemente al saludarla.

–*Saba'a alkair*.

–Tu pronunciación es excelente.

–Gracias –no tenía por qué decirle que el poco árabe que sabía se lo había enseñado su cuñado, alguien con una inmensa paciencia.

–¿Has dormido bien? –la miraba intensamente.

–Sí, gracias –mintió–. ¿Sólo una yegua hoy? –estaba deseosa de cambiar de conversación.

Arik se encogió de hombros.

–He pensado que con una sería suficiente, pero si quieres...

–No, no. Así está bien –era la magia que había entre montura y jinete lo que quería pintar.

Se dio la vuelta como si estuviera ocupada con sus cosas, pero un movimiento repentino le hizo darse la vuelta. Era él, Arik, pasando la pierna por encima de la yegua y desmontando.

–¿Qué haces? –no pudo evitar preguntar.

–Creo que es evidente –dijo levantando las cejas mientras mantenía las riendas en la mano.

Rosalie había pensado que era impresionante a lomos de un caballo, pero eso había sido antes de verlo cerca de ella, envolviéndola con su aire de poder. Sintió su calor, le llegó su especiado aroma y más. Mientras inclinaba la cabeza para encontrarse con su mirada, sintió algo más, algo primario y poderoso, algo que le hizo quedarse clavada en el sitio. Lo miró con los ojos desorbitados mientras el pulso se le desbocaba.

A esa distancia podía ver el brillo saludable de su piel, la boca ligeramente torcida cuando sonreía. Y los ojos... ¡No podía creerlo! Incluso a menos de un metro eran negros como la noche.

–Aquí es una tradición sellar un acuerdo con un gesto de confianza –murmuró–. Y nuestro acuerdo es importante para mí.

La sensación de pánico en el estómago se convirtió en horror cuando él se acercó más. No podía ser que...

Sintió unos fuertes dedos alrededor de la mano derecha.

—Siempre nos estrechamos las manos al cerrar un trato, Rosalie.

Su mirada, oscura e insondable, se quedó en la de ella haciendo que tuviera la sensación de no pesar nada. Por un momento se quedó suspendida de esa ilusión.

Entonces, recuperó el sentido común y enderezó la espalda.

—Por supuesto —asintió con la esperanza de resultar creíble.

Sólo un apretón de manos. Podría soportarlo.

Pero, mientras se lo repetía a sí misma, él le levantó la mano y se la llevó a los labios. Parpadeó.

—Pero con una dama, un apretón de manos no es suficiente.

¿Ese brillo de su mirada era risa o algo más?

No, no era risa. Pudo darse cuenta cuando los labios le rozaron la mano. El beso fue cálido, suave y seductor. Se le entrecortó la respiración y sus miradas se encontraron. Sus ojos eran de un negro puro. Negros como la noche, como el deseo. Sintió una llamarada en el vientre, una llamarada que se extendió por todo el torrente sanguíneo.

Se estremeció cuando los labios rozaron su piel descubriendo una desconocida zona erógena en el dorso de su mano.

Finalmente, Arik levantó la cabeza, pero el hambre que Rosalie vio en sus ojos le hizo desear darse la vuelta y volver corriendo al lugar de donde había venido.

Capítulo 3

POR FIN lo sabía. Su piel tenía un sabor dulcemente adictivo, su textura era suave como crema en los labios. Deseó volver a besarla en la mano, darle la vuelta y besar la palma, sentir su sabor de miel en la boca.

Anheló deslizar la lengua por el latido que sentía al tocarla, besar su brazo, el sensible interior del codo, entretenerse en el camino hasta el hombro, la sonrosada garganta. Después los labios...

Nunca había experimentado nada tan repentino. Era como un rugido, una explosión casi fuera de control.

¡Y todo lo que había hecho era besarla en la mano! Incluso su aroma, un perfume como de rocío en capullos de rosas, era suficiente para poner a prueba su autocontrol.

Le latía el corazón, la adrenalina inundaba su sangre incitándolo a actuar. Todos sus sentidos clamaban por satisfacción en ese instante. Allí. Ya. Sobre la arena donde los primeros rayos del sol teñirían su piel de oro y ámbar.

Respiró con dificultad. Vio los ojos de ella abiertos de par en par y fue consciente de que podía estarla agarrando con demasiada fuerza. Volvió a respirar y aflojó la mano.

Rosalie se soltó y se agarró la mano con la otra. El gesto involuntario tensó el algodón de la blusa y, al respirar, Arik pudo adivinar el contorno del sujetador.

–Un apretón de manos hubiera bastado –susurró ella con voz ahogada.

Arik casi se echó a reír por lo absurdo de la situación. Le estaba reprendiendo porque besarla en la mano había sido ir demasiado lejos. ¿Cómo habría reaccionado si hubiera sabido lo que deseaba hacer? ¿Que sólo el atisbo del sujetador a través de la púdica blusa que llevaba abotonada hasta el cuello le había hecho arder de deseo?

¿Tenía miedo de él?

Al instante dio medio paso atrás. Lo miraba como si no la hubiera besado un hombre en la mano jamás. Como si el juego del deseo entre un hombre y una mujer fuera algo nuevo para ella.

Imposible. En Australia los hombres también debían de cortejar a bellezas como ella. Le seguía sorprendiendo que estuviera sola, sin ningún hombre defendiendo la puerta contra los intrusos.

—Veo que nuestras costumbres son diferentes respecto a lo que puede ser ofensivo.

Se preguntó si se habría quedado satisfecha con la explicación. Hasta la mujer más inocente se daría cuenta de que un beso en la mano era completamente diferente de la sensual presentación que acababan de experimentar ambos. A lo mejor simplemente prefería ignorar el hecho, actuar como si no hubiera ocurrido.

Rosalie asintió y se volvió a mirar la luz del horizonte.

—Por supuesto. Lo entiendo.

Tenía razón... estaba ignorando la verdad.

Había logrado su objetivo. Ya estaba pendiente de él. No era sólo una figura humana montada en un caballo sino un hombre. Un hombre de carne y hueso. La respiración agitada, la forma en que lo había mirado de hito en hito, el modo en que se mordía el labio, lo demostraba.

El primer paso para lograr la consecución de su objetivo. Suavizó la sonrisa y se volvió hacia Layla, con silla en esa ocasión para poder subirse a ella con la pierna herida.

—¿Qué quieres de mí?

La pregunta pilló a Rosalie por sorpresa y en su boca se dibujó una O de asombro. Se le tiñeron las mejillas y Arik tuvo que concentrarse para reprimir una sonrisa de satisfacción. Así que había sido algo más que una presentación también para ella... Era evidente que también él le interesaba. Ya sólo se trataba de conseguir que ella lo reconociera.

Rosalie se puso la mano en la espalda y se estiró sintiendo la rigidez en esa parte. Demasiado tiempo sentada, absorta en el trabajo, y sus músculos protestaban.

Miró el lienzo que tenía delante y trató de reprimir un burbujeo de excitación. Era demasiado pronto para decir nada. Demasiado pronto para saber si aquello sería algo que valiese la pena, pero una pequeña parte de ella quería gritar de entusiasmo. Aquello prometía. Desde luego mucho más que sus intentos de hacía una semana.

Después de la tensión con la que había empezado la mañana, había pensado que no sería capaz de concentrarse en el trabajo. Había empezado tensa como un arco, consciente del brillo en la mirada de Arik, del flagrante deseo que apreciaba en su rostro, y temerosa de mostrar el torbellino de pasión que despertaba dentro de ella.

Todo eso la había sorprendido, incluso después del encuentro del día anterior. Nunca había experimentado algo semejante. Incluso cuando había sido joven e inocente. Sus fantasías de adolescente habían sido sobre romances y finales felices. Nunca le había interesado mucho el puro deseo físico.

El deseo que sentía por Arik había sido como una descarga eléctrica. La había rozado con sus labios y había conseguido que... lo deseara. La descarga que había sentido había ido directa a sus entrañas y su sensación de vacío había sido como una dolorosa palpitación.

Nadie le había dicho nunca que sería así.

—¿Estás contenta con lo que has hecho?

Rosalie alzó la vista y se encontró con Arik mirándola inclinado sobre la yegua. Había una distancia segura entre ellos, pero no era bastante. Rosalie sospechaba que con ese hombre la distancia nunca sería suficiente.

—No está mal —dijo con precaución, huyendo de su reconocimiento.

—¿Hemos terminado por esta mañana? —una pregunta directa, pero con algo desconcertante.

—Sí —asintió ella—. Todo terminado por ahora.

—Bien —acarició a Layla y se sacó algo del bolsillo. Un móvil.

Mientras tanto, Rosalie empezó a recoger sus cosas. De fondo oía su voz grave y cálida hablando en su lengua. Adoraba su cadencia, su fluidez y sus manos se ralentizaron mientras escuchaba.

Recordó el suave tono de su voz el día anterior cuando hablaba con las yeguas. Un estremecimiento le recorrió la espalda al imaginárselo hablándole a ella en ese tono.

Intentó apartar ese pensamiento moviéndose más deprisa. No podía creer en lo que se le ocurría a su imaginación. Nunca había fantaseado así con un hombre. Sacudió la cabeza preguntándose qué habría cambiado. Aquella atracción era aterradora, la clase de atracción que suponía llevaría a una relación de una noche.

Por un momento esa terrible ironía la golpeó, pero

la dejó a un lado. No había tiempo para la autocompasión. El pasado estaba olvidado.

Cinco minutos después había recogido todo menos el caballete y el lienzo. El sonido de un motor le hizo levantar la vista. Era un todoterreno que se acercaba por la pista que discurría más arriba. Arik se dirigió a su encuentro.

Mientras ella miraba, dos hombres se bajaron del vehículo y, siguiendo las instrucciones de Arik, empezaron a sacar algo del coche. Pronto empezó a adquirir la forma de un toldo de lona. No, era una tienda. Con uno de los lados abiertos, el que daba al mar.

Arik fue hacia donde se encontraba ella. Sus largas zancadas se acortaban casi imperceptiblemente cada dos pasos a causa de la pierna herida. Al darse cuenta sintió una oleada de compasión por el dolor que sufría.

Sacudió la cabeza. ¿Qué le estaba pasando? Lo conocía de poco más de un día, si podía hablarse de conocer...

–Si me lo permites, me llevaré tu trabajo a casa y lo traeré mañana a primera hora. Así no tendrás que cargar con él todos los días –hizo una pausa y luego siguió–. Me encargaré personalmente de que se maneje con todo el cuidado. Mi madre es artista aficionada y mi personal sabe que les va la vida si se estropea una obra en ejecución –dibujó una sonrisa cálida que le quitó a sus palabras el tono de amenaza.

–Yo... bueno, por supuesto. Es muy atento por tu parte –ni se planteó decir que no quería apartarse del lienzo, que sentía que estaba más seguro en sus manos.

Asintió reacia y lo siguió hasta el coche donde había atado a la yegua. Comprobó que la bolsa estaba bien cerrada y después metió en el maletero primero el caballete y después el lienzo.

Los dos hombres habían terminado de montar la tienda y asentían mientras Arik les decía algo en su lengua. Después uno de ellos se volvió hacia ella y le dijo:

—Cuidaré de su pintura, señorita. Estará segura conmigo.

Sólo tuvo tiempo de sonreír antes de que uno de ellos se marchara en el coche y el otro caminando con la yegua por la pista. Rosalie se quedó sola con Arik.

Se sentía incómoda y pensó que no podía ser tan estúpida. Llevaba sola con él horas, pero de alguna manera aquello era distinto. No había un caballete detrás del que ocultarse. Ningún caballo que atrajera su atención.

En silencio lo siguió a la tienda. Era muy grande, hubieran entrado bien una docena de personas.

Era mucho más que una protección para el sol, descubrió al mirar en su interior. Era... lujosa. Una abigarrada mezcla de colores y tejidos empezando por la tela que cubría la arena y terminando en una profusión de almohadones esparcidos por el suelo. Había una mesa baja con una bandeja de brillante metal en el centro y un enorme termo. Al lado una nevera en la que Rosalie se preguntó si habría algo de comida. Llevaba horas trabajando y tenía hambre.

—¿Te apetece un refrigerio? —preguntó Arik con su profunda voz.

—Sí, gracias —evitó mirarlo a los ojos, pero lo vio agacharse por algo de dentro de la tienda.

Un aguamanil de cobre, jabón y una toalla de lino que llevaba colgada del brazo.

—Toma —le tendió el jabón.

Rosalie tomó el jabón mientras él vertía un chorro de agua templada en sus manos. Mientras se lavaba le llegó el aroma a sándalo, después, le devolvió el jabón y se aclaró las manos.

Agarró la toalla evitando rozarle el brazo. Había algo demasiado íntimo en esa situación. El aroma del jabón llenaba el aire, pero al acercarse a él había una sola fragancia: piel de hombre con una pizca de sal marina y olor a caballo.

Respiró hondo y tendió la mano en dirección al aguamanil.

—Déjame a mí.

Mantuvo los ojos bajos para evitar mirarlo, pero así se encontró con sus fuertes manos mientras se enjabonaba. Se las quedó mirando fijamente.

Había dibujado incontables manos en todas las posturas posibles, pero al mirar ésas grandes y poderosas, Rosalie se descubrió tragando con dificultad a causa de la excitación.

Arik le rozó apenas el brazo al agarrar la toalla, pero Rosalie suspiró de alivio porque podía alejarse de él un par de pasos.

—Gracias, Rosalie —su voz rompió el silencio y ella levantó la vista.

Sus ojos eran impenetrables, negros y brillantes como la obsidiana. Deseó poder leer sus pensamientos, pero cuando lo vio sonreír, se alegró de no poder hacerlo. No tenía ninguna duda de que ella era completamente transparente en sus reacciones. No podía evitarlo.

Eso era lo que más miedo le daba. Sus reacciones ante ese hombre.

—¿Sueles salir al campo con todo esto? —trató de no parecer muy impresionada.

Él se encogió de hombros y le hizo un gesto para que entrara.

—Me gusta que mis invitados estén cómodos y bien cuidados.

Rosalie dudó una vez más al constatar lo solos que estaban. No había habido nadie más en la playa en toda la mañana. Y en la tienda estaban fuera del alcance de la vista incluso desde las ventanas de la fortaleza. Miró la montaña de cojines y se preguntó qué tendría él en mente para la tarde.

—Ahmed volverá dentro de una hora para llevarse lo que haya sobrado de comida —dijo Arik—. Después había pensado que fuéramos en coche a la ciudad a ver alguna cosa.

—Suena muy bien, gracias.

«Lo ves, sólo quiere compañía. Alguien con quien hablar. Te estás volviendo demasiado suspicaz», se dijo Rosalie.

Sin embargo, se sintió inquieta, como si se estuviera comprometiendo a algo más, cuando se descalzó y entró en la tienda. Todo en su interior era puro exotismo, como en una fantasía árabe. Como el hombre que estaba a su lado. Era muy fácil imaginarlo con ropas flotantes y una cimitarra en el cinturón

—Por favor —hizo un gesto en dirección a los almohadones—. Ponte cómoda.

Avanzó con cautela consciente de su rubor. Se acomodó en un gran almohadón, resistiéndose a la tentación de dejarse caer en la enorme pila.

A su lado, pero no demasiado próximo, Arik se acomodó con un sencillo y grácil movimiento. No la atosigaba, así que consiguió acompasar la respiración. Supuso que tampoco sería su estilo, con su aspecto y su evidente riqueza, lo normal sería tener que defenderse él. No tenía nada más que sonreír y cualquier mujer caería a sus pies.

Seguramente había malinterpretado su expresión de antes. Había notado un potente deseo en su rostro, pero a lo mejor se había equivocado. A lo mejor simplemente era un espejo de sus propios sentimientos. Se había sentido tan sobrepasada por la sensación de calor que le había provocado el beso, que no era capaz de pensar con coherencia.

Después de todo, ¿por qué iba a estar interesado en

alguien tan normal como ella? No era más que una madre trabajadora. ¿Había algo más mundano?

–¿Café?

–Gracias –el aroma que salió al abrir el termo, era delicioso y le recordó que con los nervios esa mañana no se había tomado nada más que un vaso de agua y una tostada.

Lo miró servir el café y decidió que era mejor concentrarse en lo que los rodeaba que en aquellas fascinantes manos.

–Esto –hizo un gesto señalando lo que había a su alrededor– es impresionante –en ese momento se dio cuenta de que había una diminuta mesa con un cuenco lleno de rosas.

Había pensado que el aroma provenía de algún tipo de esencia que impregnaba los cojines.

–¿No te parece exagerado? –preguntó levantando una ceja mientras le tendía una taza de café y hacía un gesto en dirección a la leche y el azúcar que había en la mesa.

Ella negó con la cabeza y se permitió una pequeña sonrisa al responder.

–Es más lujoso que lo que tenemos nosotras en casa –una toalla y una sombrilla–, pero es maravilloso. Y el café es estupendo. Gracias –suspiró al sentir el aromático líquido descender por su garganta.

Arik la miró mientras cerraba los ojos un momento para saborear el café.

Incluso con una diminuta mancha de pintura en la mejilla, la blusa de algodón arrugada y sus largos cabellos escapando de la coleta, era la tentación personificada. Era un manojo de sensuales curvas diseñadas para volver loco a un hombre. Podía imaginarse perfectamente aquellos largos mechones extendidos encima de una almohada cuando estuviera acostada a su lado.

Ardía de deseo por ella, pero no estaba preparada. No era como las mujeres con las que solía relacionarse, ansiosas y coquetas. Muchas veces, demasiado ansiosas.

Rosalie era diferente. Estaba madura, lo había notado en los gestos inconscientes de su cuerpo, pero su mente era otra historia. Era una mujer de las que no se entregaban a la ligera.

Aun así sabía, de modo instintivo, que valía la pena esperar. Esa vez iba a ser algo más que una satisfacción instantánea. Por una vez tenía ganas de retrasarlo. Con ella estaba descubriendo que la anticipación era parte del placer.

—¿Dónde está tu casa? ¿En qué parte de Australia?

—En Queensland. Al noreste.

—Sé dónde está. He buceado en la Gran Barrera de Coral.

Rosalie abrió los ojos desmesuradamente. ¿Qué había esperado? ¿Que nunca hubiera salido de su país?

—De ahí soy yo. De un pueblo pequeño en la costa, al norte de Cairns.

—Has sido bendecida con un hermoso país.

Miró afuera en dirección a la bahía.

—Tú también.

—Gracias —aunque pasaba la mayor parte de su tiempo fuera de Q'aroum, ése era su hogar y agradecía el cumplido.

—¿Has vivido siempre cerca de Cairns?

Negó con la cabeza y los mechones dorados rodaron por la blusa.

—Una vez viví en Brisbane.

—¿Por trabajo? —su reticencia lo intrigaba. Estaba acostumbrado a mujeres que demandaban su atención.

–Sólo estuve un año por estudios –mantenía la mirada fija en el mar, pero el gesto de su boca se tensó.

No había sido una buena experiencia, pensó. Se preguntó qué habría pasado. La curiosidad que ella le despertaba crecía cada vez más.

–¿No te gustó la vida de ciudad?

–No funcionó –dijo encogiéndose de hombros.

Había una especie de dolor en su voz y decidió no ser fisgón, pero le hubiera encantado saber qué había pasado. Un hombre, seguro. Sólo una relación fallida podía provocar ese dolor, o eso decían sus amigos. Él nunca había tenido ese problema.

–Y ahora vives en la costa y trabajas de pintora.

Lo miró de un modo que Arik no supo interpretar y negó con la cabeza una vez más.

–Trabajo a tiempo parcial en una escuela infantil. Abandoné la carrera artística.

–Lo entiendo, es una forma difícil de ganarse la vida, pero con tu talento tuvo que ser una decisión difícil –era evidente que a ella le gustaba el arte, sólo había que haberla visto absorta en su obra esa mañana, era como si no existiera nada más.

Rosalie se echó a reír. Una risa corta y dura que en absoluto parecía provenir del buen humor.

–No tuve mucha elección.

Volvió a mirarla y decidió que tampoco seguiría por ahí.

–¿Y te gusta trabajar con niños?

Su gesto se suavizó. Era tan fácil de interpretar... Pero seguía siendo un enigma.

–Me encanta. Trabajar con pequeños da otra perspectiva a la vida.

–Ya veo que estás deseando convertirte en madre algún día.

Se volvió y lo miró con esos ojos verde ahumado. Su boca se abrió en una sonrisa que le iluminó la cara.

–Ya soy madre. Mi hijita, Amy, tiene dos años y medio.

Arik sintió que su propia mirada se endurecía mientras escuchaba esas palabras. Una fuerte emoción ocupó su interior haciendo que se tensaran todos los músculos de su cuerpo.

Se volvió a rellenar su taza intentando desesperadamente recuperar el control.

Un ataque de furia, eso era lo que estaba sufriendo. Furia y celos.

La idea de que había llevado el hijo de otro hombre, de que había pertenecido tan íntimamente a otro le quemaba dentro. Corroía como un ácido.

La intensidad de la sensación lo impactó. Cuestionó la idea que tenía de sí mismo como hombre tolerante. Pura envidia de que otro hombre hubiera gozado lo que él deseaba.

No podía creerlo. No había sentido celos en su vida.

–Mis felicitaciones –murmuró tratando de concentrarse en el café–. ¿Se parece a ti o a su padre?

–Todo el mundo dice que se parece a mí.

Se volvió hacia ella y le ofreció más café. Ella lo rechazó con un gesto.

–Debe de ser una niña muy guapa, entonces.

Sólo eso fue suficiente para que el rubor inundara las mejillas de Rosalie, como si no estuviera acostumbrada a recibir cumplidos.

¿Tendrían los hombres australianos tan poca gracia? ¿O, la idea surgió de pronto, sería ella quien los evitaba? ¿Habría acabado tan herida de la relación con el padre de su hija que se mantenía alejada de los hombres?

Era una posibilidad. Arik dejó la idea aparcada para considerarla con posterioridad.

–¿No está tu hija contigo?

–No, mi madre cuida de ella esta semana. Estoy sola.

Rosalie lo miró mientras sacaba la comida de la nevera. Era un alivio que hubiera terminado con las preguntas y se hubiera puesto a explicarle lo que habían preparado sus cocineros. No se sentía cómoda dándole toda esa información por si la usaba en contra de ella.

¡Ridículo! ¿Cómo iba a hacerlo? No le había dicha nada especialmente personal. Sólo el esqueleto de su vida... Aunque había tenido la sensación de que había algún propósito tras esas preguntas.

Arik era demasiado inquietante. ¿Por qué no le había dejado claro quién era ella? La cuñada del príncipe de Q'aroum. Lo descartó de inmediato. Prefería conservar el anonimato. Fueran donde fueran su madre y ella en ese país eran tratadas con tal formalidad una vez que la gente conocía su relación con la familia reinante, que era un placer volver a ser sólo Rosalie Winters.

Miró de soslayo a su anfitrión. Tenía un perfil noble y una gracia natural en sus movimientos. Un hombre increíblemente atractivo, como su cuñado, aunque completamente distinto de él. No podía imaginar a Arik sentando la cabeza con una sola mujer. Sus ojos mostraban que disfrutaba demasiado de la buena vida. No había duda de que tenía dinero y tiempo para darse lujos. ¿Por qué tomarse la vida en serio?

Lo miró desenvolver los platos y cuencos llenos de tentadoras especialidades locales: ensaladas, salsas, pan de sésamo y embutidos. Perfecto y exquisitamente presentado.

–¿Arik? –el nombre sonaba tan bien en sus labios–. ¿Qué es todo esto? –hizo un gesto señalando todo aquel lujo que había colocado delante de ella.

–Una comida campestre –hubo un destello en esos oscuros ojos que casi hizo sonreír a Rosalie.

–No, es mucho más que eso –dudó un momento pensando en si lo que iba decir podía ser una estupidez, pero quería saber–. Por favor. No estoy para juegos. Exactamente, ¿qué es lo que quieres de mí?

El humor desapareció de los ojos de Arik y fue reemplazado por una severidad que no había visto antes. La sorprendió, lo mismo que sus manos cuando agarraron una de las suyas con un tacto suave pero firme, cálidas y tentadoras. Se quedó sin respiración.

–¿Exactamente? –le acarició con el pulgar el dorso de la mano–. Me gustaría conocerte mejor, Rosalie. Mucho mejor –otra caricia del pulgar la hizo temblar–. Quiero ser tu amante.

Capítulo 4

ROSALIE soltó la mano. La consternación iluminó su rostro.

Y algo más. Un instante de algo que le dijo a Arik que tenía razón. Ella también sentía el deseo que había entre ambos. Lo deseaba y eso le daba miedo. Vio vulnerabilidad en sus ojos, en el gesto de su boca.

–¡No! –estaba atónita–. Quiero decir...

–¿No te interesa un romance corto?

–No, no me interesa.

Arik miró con los ojos entornados los puños cerrados, la rápida subida y bajada de los pechos, los ojos atormentados.

Si hubiera sido un alma sensible, su ego podría haberse resentido por la vehemencia de su negativa, pero lo que hizo fue mirar más allá de su rechazo y descubrir en ella un dolor que no podía contener. Había algo allí dentro. Un miedo profundo que le hacía rechazarlo a él, a ella misma, al placer que podrían encontrar juntos.

Se sintió momentáneamente desconcertado por el rechazo sin precedentes. Por mucho que lo negara, ella se sentía atraída, se lo decía su cuerpo, la forma en que lo miraba. Necesitaba tiempo para derretir aquella envoltura de hielo. Era un delicioso reto. Con paciencia vencería su cautela. Lo sabía. Y la victoria tendría el sabor del paraíso.

La certeza de su rendición añadía sabor a la situación. Estaba harto de conquistas fáciles. Jugaría al acecho. De momento.

–Perdona si te he puesto en una situación embarazosa, Rosalie.

Tragó con dificultad y Arik notó el convulsivo movimiento de su garganta y evitó preguntarse cómo de suave sería su piel en esa zona.

–¿Sí? –preguntó ella–. ¿No te importa?

–Preferiría que lo vieras de otro modo. Lo pasaríamos muy bien juntos.

El rubor volvió a teñir las mejillas de Rosalie y a Arik le resultó delicioso. La ilusión de que estaba virtualmente intacta, sin iniciar en el campo de la pasión, le hacía aumentar su deseo. Se peguntó si el rubor le bajaría hasta los pechos.

–Me has preguntado qué quería y te lo he dicho, pero como tú no quieres una aventura, mejor será que nos concentremos en la comida.

–¿Así de simple? –la incredulidad se notaba en su tono.

–Así de simple –mejor que no supiera cuánto la deseaba.

–Pero seguramente... –frunció el ceño y sacudió la cabeza como para aclarar sus ideas–. Sería mejor que me fuera.

–No, quiero tu opinión sobre la gastronomía local –se giró para tomar un plato.

–Aun así, creo que debería irme –empezó a levantarse y Arik tuvo que contenerse para no sujetarla.

–¿Y tu pintura? ¿También quieres dejar eso?

Eso la hizo detenerse, pero sólo un momento.

–Da lo mismo. Estoy segura de que no me hubiera quedado bien.

–Mientes muy mal, Rosalie, ¿no te lo ha dicho nadie? Claro que está bien. Es más que buena –entendía lo bastante pasa saber que Rosalie tenía talento.

–Sin embargo... Es sólo un cuadro. No vale la pena...

–¿Piensas que te estoy pidiendo que te vendas por un cuadro?

Ya estaba, era evidente que el otro había utilizado su arte para acercarse a ella, pero su orgullo le hacía rebelarse ante la idea de que ella pensara que quería chantajearla para llevársela a la cama. La duda en los ojos de ella hizo crecer su rabia.

–No estoy tan necesitado, Rosalie.

–No quería insultarte –su voz era apenas un susurro–, pero no te conozco.

Arik asintió. Las mujeres necesitaban protegerse.

–Déjame asegurarte una cosa. En mi mundo, como jeque de mi pueblo, nunca te obligaría a tener intimidad conmigo. Y si mis propios escrúpulos no son suficientes, recuerda que soy un personaje público. Cualquier error que cometiera se haría público casi al instante –la miró al atormentado rostro y deseó no haberle dicho lo que quería–. Nunca he tomado nada que no se me haya ofrecido antes –dejó las palabras en el aire.

Los ojos de Rosalie se ensombrecieron y dudaron. La estaba perdiendo. Notarlo de pronto fue como recibir un puñetazo en el estómago.

No tenía sentido lo intensamente que había reaccionado, por mucho que lo excitara, sólo era una mujer. Encontraría a millares cuando volviera a su vida normal. Mujeres deseosas de que les prestara atención.

–Preferiría terminar con esto –lo miró y luego se volvió a contemplar las olas en la playa–. No me sentiría bien sabiendo que tú quieres más.

–Los hombres muchas veces miramos y deseamos, pero no siempre conseguimos lo que queremos.

Su experiencia era distinta: siempre conseguía hacer lo que quería, pero no hacía falta decírselo a ella.

Rosalie volvió la cabeza y sus miradas se encontraron. Arik sintió el impacto en sus pulmones. Deseaba acariciarle el pelo y atraerla hacia él. Quería saborearla, no la mano esa vez, los labios. Quería explorar su cuerpo, descubrir los lugares donde se ocultaba el placer y el éxtasis.

Respiró despacio. Con paciencia. Le llevaría tiempo derribar las barreras de su desconfianza. Era como un potrillo, se asustaba con facilidad.

Sonrió y le ofreció un plato.

—Disfrutemos de la comida antes de que se estropee. Vendré con la yegua a la playa todas las mañanas mientras pintas. Por la tarde haremos turismo. Sencillo. Nada de compromisos.

Sencillo, había dicho.

Rosalie miró por la ventanilla del todoterreno y supo que aquello era cualquier cosa menos sencillo. Durante la tarde, mientras recorrían la ciudad vieja, había luchado contra el magnetismo y la fuerza de Arik, contra el deseo y la curiosidad que minada su decisión de mantener las distancias.

Estaba perdiendo la batalla. Debería haberlo dejado en la playa sin importarle que deseara volver a sentir esa oleada de excitación cuando él la mirada con esa intensidad.

Había sido su rabia, la furia que había visto en los ojos lo que le había hecho quedarse. Arik se había sentido realmente ofendido por la sugerencia de que podría obligarla a algo. El orgullo le había hecho alzar la cabeza, entornar los ojos y apretar los puños.

No sabía si por principios o por orgullo, pero tenía claro que él nunca recurriría a la fuerza. Intentaría la persuasión, pero respetaría sus deseos. Estaba segura.

—Me gusta cómo se mezclan los edificios nuevos con los antiguos —dijo repentinamente consciente del prolongado silencio.

–Me alegro de que lo apruebes. Un desarrollo acorde con lo que anterior es uno de nuestros objetivos prioritarios.

–¿Estás implicado en el planeamiento?

–Soy el jeque, es lo que se espera –dijo encogiéndose de hombros.

Había visto su impresionante casa, pero no había considerado las responsabilidades de su cargo. Una tontería si consideraba que conocía el trabajo de su cuñado.

–Supongo que tus obligaciones oficiales te mantendrán muy ocupado.

–Bastante, pero también mi trabajo me lleva lejos.

También tenía un trabajo. Se lo había imaginado entregado a la buena vida volando de ciudad en ciudad y de mujer en mujer.

–¿Te sorprende que trabaje? –se volvió a mirarla un instante, luego volvió los ojos a la carretera.

–Supongo... supongo que daba por sentado que no te hacía falta.

–La inactividad no me va –dijo asintiendo–. No podría holgazanear mientras engordo.

Nunca estaría gordo. Tenía demasiado vigor. Incluso en reposo su cuerpo se notaba lleno de energía. Parpadeó un par de veces y decidió que era mejor que también ella mirara a la carretera.

–¿Qué clase de trabajo haces?

–Dirijo una empresa de recursos energéticos.

–¿Una empresa petrolífera?

–Petróleo y otras cosas. Invertimos en energías renovables también. Estamos investigando la producción de electricidad con la fuerza del mar.

–¿No te gusta ganar dinero con el petróleo? –había oído que Q'aroum tenía suficientes reservas de petróleo como para mantenerse como uno de los principales productores del mundo durante años.

–Somos una isla, Rosalie. Tenemos un especial interés en combatir el cambio climático y el ascenso del nivel de los océanos. Además, un hombre necesita un reto –en su tono se notaba que no estaba hablando sólo de electricidad.

Sentía el fuerte impacto de su personalidad concentrada sobre ella. Era algo tangible, una enorme fuerza. Tenía que tener cuidado con ese hombre. Los sentimientos que inspiraba eran demasiado. Demasiado potentes. Demasiado nuevos. Demasiado tentadores.

–Te dejaré pronto en tu hotel.

Iba a decirle que no se alojaba en un hotel, pero decidió que no. Mejor si no sabía que estaba sola en la casa que Rafiq les había preparado.

–Gracias, puedes dejarme aquí –dijo mientras se acercaban a dos hoteles contiguos en la costa.

–Te acompañaré hasta la puerta.

–Preferiría que no lo hicieras –dijo tras un suspiro. El coche se paró–. No eres exactamente una persona desconocida –dijo recordando cómo lo habían recibido en todos los sitios adonde habían ido–, así que preferiría ir sola –se preguntó si descubriría el subterfugio.

–Muy bien –inclinó la cabeza–. No daremos ocasión a las habladurías –se dio la vuelta y le acercó la bolsa de lona mientras ella se quitaba el cinturón–. Gracias por el placer de tu compañía, Rosalie.

Le tomó una mano y se la llevó a los labios. Sintió una sacudida en todo el cuerpo cuando la besó en la palma. Duró un instante, sólo eso, pero fue lo bastante como para hacer saltar a Rosalie. Tiró de la mano como si quemara. La sensación de vacío en la parte baja del vientre era demasiado real, demasiado poderosa como para estar a salvo.

–Hasta mañana, entonces –dijo él con una mirada insondable.

Mañana... si tuviera un mínimo de sentido común,

al día siguiente se subiría a un avión y desaparecería de allí.

Rosalie se retrasaba. Arik entornó los ojos para poder mirar la playa en dirección al sol del amanecer. ¿Se habría equivocado el día anterior? No. Le había dado su palabra de que respetaría sus deseos. Estaba nerviosa, intentando resistirse a lo que estaba creciendo entre ambos. Como si pudiera poner diques a la irrefrenable ola del deseo.

Estaba sorprendido por su ingenuidad. Su atracción había sido instantánea, tanto que incluso él, con su experiencia, no había podido ignorarla. Era como un fuego continuo en la sangre, un hambre constante en la parte baja del vientre. Estaba en constante estado de alerta. Dormir era difícil cuando se pasaba horas imaginándola en su cama. O desnuda.

La única salida de aquello era aliviar esa necesidad de mutua satisfacción. Sonrió. Una prolongada mutua satisfacción. Rosalie tenía mucho que aprender y él disfrutaría enseñándole.

Espoleó a Layla hasta que se puso al galope. Llegaron a su destino y apareció Rosalie caminando desde la playa contigua. Tiró de las riendas y la miró. Se detuvo un momento, como si estuviera considerando regresar a la seguridad de su hotel.

Echó a andar de nuevo hacia donde él se encontraba. Se sintió agradecido, incluso triunfante. Ya la tenía, lo sabía. O casi, con un pequeño esfuerzo tendría lo que quería de ella.

Aun así la sensación que lo llenaba no era de triunfo. Era de furia por la decepción que había sentido anteriormente y el alivio que experimentaba en ese momento.

¿Desde cuándo había él dependido de una mujer?

Placer, compañía, goce mutuo, eso era lo que esperaba de una mujer, no esa necesidad visceral que casi le daba miedo. Aquello no iba bien.

La miró acercarse con la cabeza alta como buscando su mirada. Un gesto que extrañaba viendo la forma defensiva en que se agarraba a la bolsa. Sintió una inesperada necesidad de protegerla.

Estaba excitado hasta el punto de sentir dolor sólo con verla. Y su indecisión a la hora de llamarla al hotel había sido algo poco frecuente. Estaba demasiado necesitado.

Nunca había experimentado una lujuria semejante. Por primera vez en su vida, el deseo se había convertido en ansia. Como si hubiera en juego algo más que el placer que proporcionaba el cuerpo de una mujer. Como si sintiera algo más que atracción física.

Arik apretó la mandíbula por lo absurdo de la idea. Cada vez estaba más enfadado consigo mismo. Espoleó a su montura.

Rosalie deseó no haber ido. ¿Qué más daba si no terminaba la pintura? ¿O si nunca volvía a verlo? Sabía que sin esfuerzo no volvería a pintar. Y sobre el efecto que él tenía sobre ella... mejor ignorarlo.

Se sentía atraída como una polilla por una vela. A cada paso que daba sabía que se acercaba más al peligro, la clase de situación que siempre había evitado, pero entonces, una voz interior le decía: «¿adónde te ha llevado jugar sobre seguro?» ¡Siempre había sido cauta con los hombres y había que ver dónde había aterrizado!

Agarró la bolsa con más fuerza y entonces lo vio. Un estudio sobre gracilidad y arrogancia masculina sentado sobre una magnífica montura árabe. Supo que, fuera o no un error, no podría mantenerse alejada de él. La falta de aire en los pulmones, los acelerados latidos de su corazón, le decían lo mismo. Tenía que estar allí. Se debía a sí misma descubrir qué tenía ese hombre que despertaba en ella cosas que llevaban años ocultas. Ese yo que, a los diecinueve años y medio, había sido brutalmente silenciado, encerrado por la fuerza del dolor y el odio y la desesperación.

Habían pasado más de tres años y otra Rosalie, la que en secreto había anhelado aventuras y fantasía, había vuelto, se había deslizado por debajo de sus defensas.

Apretó los dientes y siguió andando. Debía de estar loca, pero nunca volvería a ser la incauta que había sido a los diecinueve años. Había aprendido la lección. Si aprovechaba alguna oportunidad sería en sus propios términos.

A pesar de todo, cuando Arik se acercó encima de su yegua, no pudo reprimir una sensación mezcla de ansiedad y excitación.

—Ya pensaba que no venías —en su voz grave había un tono de acusación.

—Casi lo hago —replicó ella.

Se sintió molesta cuando empezó a dar vueltas alrededor de ella encima de la yegua. Eran un grupo hermoso... y él lo sabía. Probablemente estaba haciendo eso para que ella lo admirara. Ésa era la clase de hombre que era, se recordó ignorando las revelaciones del día anterior. Sorprendía que trabajara a pesar de su riqueza. Era más fácil enfrentarse a Arik pensando que no era más que un playboy.

A pesar de todo, seguía todos sus movimientos con interés. Era tan vibrantemente masculino, tan atractivo.

—¿Hubieras quebrantado nuestro acuerdo? —su expresión era seria, como si nadie se pudiera atrever a contrariarlo.

—Es sólo un arreglo temporal. No hubiera pensado que te importase.

Puso la yegua al lado de Rosalie para poder caminar a su lado.

—Me habría importado mucho —murmuró.

—Entonces estarás contento de que haya venido después de todo.

Durante un par de segundos lo miró a los ojos. Arik sonrió y algo tronó en el pecho de Rosalie al sentir el magnetismo que había entre los dos.

—Y lo estoy, Rosalie. Muy contento —su voz era un suave murmullo que le reverberaba en la sangre y llegaba hasta el último nervio de su cuerpo.

¿Por qué había ido?

«Porque nunca te has sentido tan increíblemente viva como ahora», le decía una voz interior.

—No estarás cambiando de opinión, ¿verdad? —desmontó y se puso a menos de un metro de ella.

—A lo mejor...

Arik sacudió la cabeza y la agarró de la mano.

—No —tiró suavemente de ella. Se vio reflejado en los ojos verdes—. Nunca te haré daño. Tienes mi palabra de honor. ¿Confías en mí?

Ella dudó. No tenía nada más que su palabra y su propio instinto para guiarse, pero en su cabeza no había ninguna duda.

—Sí. Confío en ti, Arik.

—Bien —en sus ojos apareció una llamarada de emoción, apretó la mano en torno a la de ella—. Sabes lo que quiero, Rosalie, pero la decisión ha de ser tuya.

Ella sacudió la cabeza.

—Pero ya te he dicho que no... —acabó en un susurro cuando Arik se llevó la mano a los labios y la besó.

—Quizá cambies de idea.

Sus labios en la mano era algo tan erótico. No era tan sofisticada como para participar en ese provocativo juego de seducción.

—No estoy segura... —de nuevo no acabó sus palabras porque él le dio la vuelta a la mano y besó la palma.

Un beso que provocó una conmoción en todo su cuerpo. Le temblaban las rodillas.

–Nada es seguro –murmuró Arik acariciándola con los labios mientras hablaba–. ¿Podemos sencillamente disfrutar de la mutua compañía durante unos días y ver adónde nos lleva eso?

«A la perdición, seguro», pensó Rosalie. Respiró profundamente, pero no fue bastante para recuperar el equilibrio perdido. Se soltó de la mano y se la puso en la espalda por miedo a rogarle que volviera a besarla en el mismo sitio.

–Te llevarías una decepción –podía estar desesperada por sus caricias, pero no se había vuelto completamente loca.

–Entonces, que así sea –su sonrisa no delataba nada.

La mañana transcurrió deprisa una vez que Rosalie se concentró en el trabajo y no en el insidioso torbellino de sensaciones que notaba al final del vientre, herencia de la letal atracción por Arik.

Demasiado pronto, la mañana se había terminado. El lienzo fue llevado a casa de Arik. Comieron y en ese momento se encontraban en la opulenta carpa que habían montado en la playa. A pesar de la charla sobre los monumentos de la zona, Rosalie era agudamente consciente de su aislamiento.

Lo miró aliviada al notar que por una vez la atención de él estaba en otra cosa. Parecía absorto observando el mar y la distante sombra azul de una isla.

Su perfil era arrebatador. Era algo más que guapo. Le parecía que había inteligencia en sus arqueadas cejas, o a lo mejor eso era porque se había dado cuenta de lo perceptivo que era. Sus ojos eran penetrantes y desasosegantes cuando se posaban en ella. Su boca... había algo increíblemente sensual en la curva de sus labios.

Sintió que el estómago se le cerraba. Era un hombre que entendía de placer físico. Era evidente por el modo en que había acariciado su mano; además su mirada era una promesa. Y, si ella quería, podía compartir ese conocimiento, esa experiencia con ella. Sólo tenía que pronunciar una palabra y Arik le daría ese placer que tan largamente se le había negado.

La idea era tentadora. Daba miedo, pero ¿por qué estaba considerando su proposición?

«Porque estás sola. Porque a tu vida le falta algo. Porque hay algo en este hombre que anula las precauciones de toda una vida y te hace desear una pasión que nunca has tenido».

Lo miró y sintió calor. Le escocía la piel. Sus pulmones no eran capaces de proporcionarle suficiente oxígeno. Tenía una extraña sensación en su interior que la mantenía en el filo, una dolorosa sensación de vacío.

De pronto sus ojos se posaron en los de ella. Oscuros y brillantes con un calor que hizo que la piel se le pusiera al rojo. Sabía lo que ella sentía, se dio cuenta sorprendida.

Él lo entendía.

Notó el reflejo de su creciente deseo en la embrujada expresión de los ojos de él. En el tic que apreciaba en su mandíbula. Incluso en la expresión de su boca se reflejaba la tensión que atenazaba su cuerpo.

–Tú también lo sientes –dijo en tono grave y seguro–. Sientes lo que hay entre nosotros, ¿verdad, Rosalie?

Ella negó con la cabeza, pero no pudo apartar la mirada de él.

–No hay ninguna necesidad de mentir –dijo Arik

con un brillo de diversión en los ojos–. No te caerá un rayo por admitir la verdad. No hay nada vergonzoso en el deseo.

Rosalie casi no podía respirar mientras una palabra resonaba en su cabeza: «deseo».

Tenía razón. Así era exactamente como se sentía. Llena de puro deseo por el hombre que tenía delante. Se estremeció.

–Pero no me interesa convertirme en compañera de juegos para mantener a un rico lejos del aburrimiento –dijo en un arranque.

La mirada de Arik se afiló hasta convertirse en un rayo láser. Había ido demasiado lejos. El tic de la mandíbula aumentó de frecuencia.

Había soltado lo primero que le había venido a la cabeza y en esa parte del mundo los hombres no estaban acostumbrados. Se encogió esperando una descarga de furia.

–Los australianos habláis de forma directa, ¿verdad? –arqueó una oscura ceja.

De pronto su expresión de furia contenida fue reemplazada por otra de tranquilidad.

–No tienes por qué tener miedo a expresar tus opiniones –la voz era calmada pero afilada y áspera, como si luchara por mantener el control.

–Lo siento –dijo ella preguntándose cómo habría notado su repentino miedo–. Ha sido insultante.

–No tienes por qué disculparte –interrumpió–. Has dicho la verdad tal y como la ves.

Se miraron y Rosalie hubiera jurado que él entendía su confusión y temor. Entendía demasiado.

–Rechazo que veas mi interés como algo que rebaja –hizo una pausa, como si esa última palabra le dejara un sabor agrio–. Siempre he planteado mis asuntos amorosos como una aventura entre iguales.

¿Qué podía decir ella? La vergüenza la inundaba,

pero podría superarlo. Había sobrevivido a cosas peores.

–Y supongo –murmuró Arik– que en este caso sería igual –seguramente no había otro hombre más sincero–. Después de todo el poder está en tus manos.

–¿Perdón? –debía de haber oído mal.

–No seas ingenua, Rosalie. Quiero convertirme en tu amante –su voz resonó dentro de ella aumentando la sensación de vacío–. He dicho que no haré nada que tú no quieras. Me detendré con una sola palabra, así que tú tienes todo el poder en esta relación. Puedes pedir lo que quieras. Cualquier cosa que quieras. Te lo daré –no había ninguna duda en lo que veía en su rostro: sexo. De eso era de lo que estaba hablando–, pero sólo tienes que decir no y estaré obligado a parar.

Rosalie respiró pesadamente consciente del calor que sentía en todo su cuerpo. Se mordió el labio intentando recuperar el control.

No debería desearlo. No le hacía falta ningún hombre. Sobre todo uno tan pagado de sí mismo como ése, pero eso no evitaba que sintiera una profunda excitación. Podía pedir lo que quisiera, él siempre respetaría sus deseos. Estaba a salvo.

–Eso no estaría bien –dijo casi sin aire–. Sería mejor que me fuera –pero no encontró la fuerza necesaria para caminar.

–Nunca he pensado que fueras cobarde, Rosalie –su profunda voz cayó como una piedra en un estanque.

–Que no quiera participar en este juego no significa que sea cobarde.

–¿No? Entonces, ¿de qué tienes miedo si no es de ti misma?

Rosalie respiró hondo. No tenía miedo. Era cauta. No estaba a la altura de él.

¿Por qué entonces la idea de una relación íntima con él le resultaba tan atractiva? ¿Por qué esa excitación ante la idea de explorar esas sensaciones y deseos que llevaban tanto tiempo reprimidas?

Su madre le lanzaba indirectas sobre que no era saludable para ella evitar la relación con hombres. ¿Qué diría su madre de lo que sentía en ese momento?

–No tengo miedo –mintió.

–Bien –se acercó a ella hasta que el brillo de sus ojos ocupó todo el mundo–. No quiero que estés asustada, Rosalie.

Sentía en las mejillas el calor de sus palabras, pero él no se acercó más. Una barrera invisible permanecía entre ambos.

Los ojos negros se encontraron con los de ella. Le llegaba un aroma almizclado. ¿La fragancia de la excitación? ¿De su piel, de la de él?

–Ahmed volverá pronto con el todoterreno –dijo él.

Rosalie tragó y se pasó la lengua por el labio inferior.

–¿Quieres algo antes de que llegue? –apenas podía escucharlo a causa del trueno de su propio pulso.

–No, nada.

–¿Estás segura? –susurró.

Se mordió el labio para evitar decir alguna estupidez.

–No –repitió.

–¿No quieres nada o no estás segura?.

Arik se había acercado más y había apoyado las manos al lado de su caderas con los dedos extendidos encima de la alfombra. Su pecho era como un muro, la empujaba sin tocarla.

–Yo... –las palabras se ahogaron en su garganta al darse cuenta de lo que quería.

–¿A lo mejor un beso? ¿Sólo uno para satisfacer tu curiosidad? –en su boca apareció una sonrisa que le paró el corazón–. Seguro que te estás preguntando cómo sería sólo un beso...

–Sí –se oyó a sí misma susurrar con tono de rendición–. Me lo he preguntado.

–Bien –murmuró–. En eso estamos iguales –la sonrisa se desvaneció–. Relájate, Rosalie. Estás a salvo conmigo.

Se inclinó un poco más cerca de ella. Esperó un momento para que ella absorbiera el aroma de su piel, para que sintiera el calor de su piel sin tocarla y así cuando probara el sabor de sus labios, quisiera más.

Entonces apoyó los labios en los de ella y el mundo desapareció en una nube mientras sus bocas se unían.

Capítulo 5

BESABA como una virgen.
Sus labios eran suaves, se ajustaban a su boca, a pesar de que cuando abrió la boca para deslizar la lengua en el interior de la suya, se estremecieron y retrajeron ligeramente.

Tan suave. Tan tentadora. Se acercó más con cuidado de mantener las manos firmemente apoyadas en el suelo. Esa vez, cuando la incitó a abrirse a él, ella se acercó más.

Al instante, una oleada de sangre llegó a su cerebro y a su bajo vientre. En su cuerpo se inició un incendio que hizo añicos su capacidad de contención, pero, de algún modo fue capaz de sujetar la compulsión que sentía y no profundizó el beso ni se echó sobre ella.

Mantuvo la boca abierta incrementando la presión lentamente. El aliento de ella era cálido y fresco, sus labios de satén, el aroma de su piel embriagador y excitante. No había artificio en ella.

Nunca había sentido un deseo tan salvaje. Tenía que poseerla. Cada célula de su cuerpo lo deseaba. Era tentadora como nada que hubiera conocido antes. Una hurí que seducía no con artimañas sino con un erotismo natural que él no sabía cómo manejar.

¿En dónde se estaba metiendo?

Intensificó más el beso. Ella se fundió con él, un suspiro le dijo que estaba a punto de rendirse y en su sangre se instaló el ansia de la conquista.

Aun así no debía tocarla. Esa vez no. Tenía que ir

despacio, no asustarla. Ya estaba bastante nerviosa, si la tocaba como deseaba hacerlo, acariciando sus pechos, recorriendo las firmes curvas de su cuerpo, descubriendo sus femeninos secretos y saboreando su piel con la lengua, ya no sería capaz de parar. Instintivamente sabía que ella necesitaba tiempo.

Se preguntó cuánto tiempo podría aguantar antes de que su visceral necesidad lo dominara.

Se acercó un poco más, las puntas de sus pechos lo rozaron un instante y un escalofrío de erotismo lo recorrió entero. Su erección era como una queja dolorosa. Un gemido de dolor, de necesidad, le subió desde el pecho, pero decidió ignorarlo. Apretó los puños con tanta fuerza que le dolieron los dedos.

Él había empezado y le debía a Rosalie, como hombre de honor, no terminarlo con un acoplamiento frenético.

Arik era todo lo que había soñado que sería. La danza de su lengua, el sabor de sus labios, el aroma de su cálida piel... era una combinación que había dinamitado cualquier pensamiento lógico de su cabeza. El bombardeo de sensaciones hacía que se sintiera como mareada.

Se preguntó cómo sería que la rodeara con sus brazos y la atrajera contra el agresivo calor de su cuerpo. Deseó saberlo. Casi podía imaginar la sensación del peso de su torso encima de ella.

Rosalie cambió de postura nerviosa por un anhelo, una sensación de vacío que sólo satisfaría con más. Más de Arik. Más de esa magia que hacía con los labios y la lengua.

Arik se acercó más, aún no lo bastante, y Rosalie casi suspiró de alivio cuando sintió la suavidad de la pila de almohadones que había tras ella y pensó con la última coherencia que le quedaba, que rendirse no era tan malo después de todo.

Pero Arik, a pesar de la intensidad de sus bocas unidas, del deseo que crecía en espiral, no fue a más. Sólo sus bocas permanecieron unidas en un beso que contenía todo el poder embriagador del puro deseo.

La presión dentro de ella se fue incrementando hasta que ya no pudo ignorarla. Levantó las manos y las deslizó entre sus sensibles pechos y el duro torso de Arik hasta alcanzar sus hombros. Las manos se demoraron allí indecisas hasta que oyó un sonido como un gruñido en sus oídos y lo sintió estremecerse bajo sus manos.

Sin pensarlo, respondió a esa primitiva llamada: rodeó el cuello con las manos y descubrió la suave y excitante sensación de acariciar su piel.

Enterró los dedos entre el cabello. Era como seda. Lo atrajo más hacia ella, pero seguía sin ser suficiente. Nunca sería suficiente. Necesitaba más.

Arik se movió. No más cerca de su cuerpo, como ella deseaba, sino que se apartó poniendo fin al beso tan repentinamente que Rosalie abrió los ojos abandonando la reconfortante oscuridad.

¿Qué había sucedido?

Tenía los labios hinchados, los pechos llenos y pesados, el cuerpo flojo con una languidez que no reconocía. Parpadeó intentando enfocar a Arik. Tratando de poner en funcionamiento el cerebro.

Respiraba agitado, como si le faltara el oxígeno y Rosalie sentía su aliento en la piel. A lo mejor por eso se sentía mareada, jadeaba como si hubiera corrido una maratón.

Todavía lo tenía agarrado. La sensación de la dureza de sus huesos y la suavidad de su piel era algo exquisito. Se vio a sí misma con los brazos levantados, las manos sujetándolo y fue consciente de que tenía que soltarlo, pero su cerebro no emitía las órdenes adecuadas.

Lo miró fijamente. Era el rostro de la pura seducción. La personificación de sus más secretos y escandalosos deseos. Tenía los labios más llenos que antes, debido a sus besos y esa constatación la excitó. Le brillaban los ojos como nunca, como si entendiera el deseo que ella experimentaba. Si la sensualidad tenía un rostro, era ése, descarado y cautivador.

Frente a él, frente a su propio creciente deseo, sus defensas eran como de cristal: transparentes y fácilmente quebradizas. Sentía cómo cedían frente a su mirada, pero era la fuerza de su propio deseo quien finalmente las destruía: el saber que, aunque fuera un error, aunque fuera peligroso, eso era lo que ella quería. A ese hombre.

La epifanía fue instantánea y completa. Por mucho miedo, precaución y seguridad vital que tuviera, no podía escapar a la verdad: deseaba a Arik de la forma más elemental que una mujer podía desear a un hombre. Había sucumbido completamente a él.

Si Arik hubiera sido menos honrado, si se hubiera aprovechado de la situación, no estaría allí tumbada con toda la ropa puesta. La idea provocó un torbellino de pánico en su vientre. Al perder el control había rozado el desastre, menos mal que Arik, sorprendentemente, se había contenido. No había faltado a su promesa de que sería sólo un beso.

Abrió más los ojos mientras ella se miraba en su impenetrable oscuridad. La deseaba. Lo había dejado claro más de una vez, pero no había tomado más de lo que habían acordado.

Rosalie frunció el ceño para intentar disipar la niebla que inundaba su cabeza. Aflojó las manos y las dejó resbalar por los hombros sintiendo el latido excitado del corazón cuando alcanzaron el pecho. Apartó las manos. No podía creer que hubiera llegado tan lejos. Arik podría haber conseguido de ella cualquier cosa con un mínimo de persuasión.

Pero no lo había hecho.

Volvió a mirarlo mientras escuchaba el trueno de su propio pulso en los oídos.

En contra de todas las previsiones había encontrado un hombre en quien podía confiar, incluso más que en sus propios deseos. Después de todos los fantasmas que oscurecían su pasado, aquello parecía imposible: un hombre en quien podía confiar.

Se sintió estúpida por la congoja que tenía cuando todo iba bien. Estaba a salvo. Ilesa. Intacta.

–¿Rosalie? –su voz sonaba oxidada–. ¿Qué va mal?

Ella negó con la cabeza. No podía hablar y de ninguna manera iba a contarle la oleada de emociones que estaba experimentando: alivio e incredulidad, indignación consigo misma y dolor. Era demasiado, una marea de sentimientos contenidos que tenía mucho más que ver con el pasado que con lo que acababa de suceder. De algún modo el beso, la intimidad entre ambos, había liberado los demonios que había mantenido encerrados durante tantos años.

Rosalie se mordió el labio y se dio la vuelta. Sintió que él se movía para dejarle más espacio. Seguro que pensaba que estaba chiflada. ¡No había sido más que un beso!

Apoyó las manos en la alfombra y trató de concentrarse sólo en lo que veía. En el delicado estampado de flores y zarcillos que decoraban la seda y la lana. Las suaves líneas en tonos celeste e índigo.

–Rosalie –la voz fue más baja esa vez.

–Lo siento –murmuró ella recuperando por fin la voz–. Es que me sentía un poco... confusa –mintió.

¿Qué más iba a decir? No podía contarle todo lo que sentía, apenas lo entendía ella. Sólo sabía que había experimentado algo... maravilloso. Y no sólo era el experto beso de Arik o el sabor del disfrute mutuo. Era la recuperación de la fe en el otro.

Había tardado mucho. Hasta ese día nunca había pensado que pudiera suceder. Y estaba abrumada.

Se llevó una mano a la cara y disimuladamente se enjugó las lágrimas que habían empezado a correrle por las mejillas. Esperó que él no se hubiera dado cuenta, pero dudaba de que se perdiera algo. Sus ojos eran como los de un águila.

—Toma —le tendió un vaso lleno hasta el borde—. Bébete esto.

Era un zumo de frutas tropicales. Frío, dulce y refrescante. Sintió inmediatamente el efecto del azúcar. Lo apuró entero.

—Gracias —le devolvió el vaso.

—¿Te encuentras mal? —preguntó él mientras dejaba el vaso en la mesa—. ¿Necesitas un médico?

Ella negó sacudiendo la cabeza y uno mechones le acariciaron un rostro que gradualmente estaba recuperando el color.

—No, estoy bien —dibujó un esbozo de sonrisa con sus labios—. Sólo me siento un poco...

—Confusa —terminó él la frase, frustrado al saber que de momento no le diría la verdad.

Fuera lo que fuera lo que pasaba, no se lo iba a confiar a él, pero una cosa era segura: Rosalie no había estado a punto de desmayarse, por muy impresionante que hubiera sido su beso.

Lágrimas, eso era lo que había visto. Lágrimas y un destello de algo que no había podido precisar. ¿Sorpresa? No, algo más fuerte que eso. ¿Asombro? ¿Horror?

Seguramente no. Podía jurar que ninguna mujer a la que había besado se había sentido horrorizada.

Y ese beso había sido completamente recíproco. Era imposible que ella hubiera fingido esa reacción. Había estado perfecta. Casi inocentemente seductora y ansiosa. Tan ansiosa que lo había llevado casi hasta el límite. Nunca ninguna mujer le había sabido tan bien o tentado tanto.

Había algo... diferente en besar a Rosalie. Algo que lo había dejado con una especie de hambre interior. Hambre de su cuerpo... Pero más de sus sonrisas y de sus confidencias.

Miró fijamente su hermoso perfil en busca de una explicación de por qué esa mujer lo afectaba tanto. A lo mejor aún no era el momento de averiguarlo. Algo estaba mal. Muy mal.

–¿Quieres que te lleve de vuelta a tu hotel? –no sabía que iba a hacer esa oferta hasta que se escuchó a sí mismo diciéndola.

No era lo que quería. Lo que quería era otro beso. Y explorar un poco más lejos, sostenerla entre sus brazos y descubrir los secretos de su cuerpo.

¿Qué pasaría si descubría que era él quien le hacía llorar?

–Gracias. Estoy bien. Ha sido algo pasajero –lo miró un instante con esos ojos entre gris y verde–. Deberíamos irnos a hacer turismo –suspiró con fuerza–, si la oferta sigue en pie.

Arik dudó un instante. Sabía que debía presionarla para sacarle un poco más de información, pero quería pasar la tarde con ella y si lo intentaba, a lo mejor se marchaba.

–Por supuesto que sigue en pie. Con una condición.

La vio mirarlo con los ojos muy abiertos. La vio humedecerse los labios con la punta de la lengua. El efecto sobre su cuerpo fue inmediato. Incluso como estaba, preocupado por ella, seguía completamente excitado.

–¿Qué condición?

–Que si te sientes mal de nuevo, te llevo directa a un médico.

–Gracias, Arik, pero seguro que estoy bien.

Ver en sus labios la forma de su nombre era una de las cosas más eróticas del mundo. Especialmente en ese momento, con los labios hinchados por el beso. Su sabor se mantenía en su boca, un sabor adictivo que incrementaba su deseo de ella. Miró largamente esos labios. Distraía demasiado ver esa boca, era incitador y lujurioso.

–Vamos –se puso en pie y le tendió una mano–. Ya oigo el sonido del todoterreno. Es hora de ponernos en camino.

Rosalie dudó un momento, después alzó una mano y dejó que él la agarrara. Bien. La confianza seguía ahí. Arik ignoró la sensación de alivio que había experimentado cuando salieron de la mano. Estaba donde él la quería y eso era lo que contaba.

Los últimos rayos del sol se reflejaban en el pelo de Rosalie. Según había ido avanzando la tarde se había ido quedando más absorta por lo que veía y se le había olvidado recogerse los mechones de pelo que se le escapaban de la coleta. El pelo se había convertido en un dorado halo que enmarcaba sus delicadas formas.

Arik, con los brazos cruzados, se apoyó en un pilar de piedra para contemplarla. Le había llevado su tiempo, pero finalmente las sombras habían desaparecido del rostro de Rosalie. Parecía como si hubiera olvidado lo que le causaba tanto dolor.

Había aprendido sobre ella que podía conocer su humor por el brillo de los ojos. Gris tormenta para el dolor o la ansiedad y verde para el placer.

Habían brillado verdes cuando lo había mirado tras

el beso. Podría haberse lanzado en esa profundidad. Había sido la repentina visión de unas lágrimas lo que lo había detenido.

Había visto dolor. Y le preocupaba no saber cuál era la causa. ¿Habría sido el beso? No. Había sido demasiado bueno. ¿Algo del pasado, entonces? Tenía la sensación de que Rosalie era una mujer con secretos y sentía una enorme urgencia por desvelarlos.

Había acertado llevándola allí, se había sentido como en casa casi desde el momento de las presentaciones. Era evidente que el arte tenía un idioma propio porque la mayor parte de los artistas hablan un inglés o un francés rudimentario y el árabe de Rosalie era muy básico aunque sorprendentemente bien pronunciado. Se había hecho entender, de hecho él había resultado superfluo después de la primera media hora. Se había retirado a tomar un té con el director para hablar sobre los progresos de la escuela y sus necesidades de financiación. A pesar de que los fondos llegaban y el centro funcionaba bien, siempre podría haber más iniciativas que podrían contar con el patrocinio de Arik.

—Se está haciendo tarde —murmuró finalmente acercándose a Rosalie que contemplaba a una joven que hacía un mosaico.

Rosalie ni lo oyó, no se dio cuenta hasta que Arik le apoyó una mano en el hombro.

—Lo siento, ¿me he entretenido mucho?

Él negó con la cabeza.

—No. Es un placer verte entusiasmada, pero la escuela está a punto de cerrar y tu querías llamar a tu hija.

—¿Es tan tarde? —echó un vistazo rápido al reloj—. No me he dado cuenta —se volvió hacia la muchacha y, en una mezcla de árabe e inglés, de dio las gracias y se despidió.

Salieron cruzando el jardín y llegaron hasta el coche. Arik miró el crepúsculo. Era demasiado tarde para sugerir ir a ningún otro sitio y sabía que Rosalie volvería a rechazar la oferta de cenar juntos. Estaba demasiado recelosa con la idea de quedarse sola con él. De hecho, se preguntaba si buscaría alguna excusa para no verse al día siguiente.

–¿Arik? –su voz era suave y tentadora.

Arik se detuvo en seco y pensó que iba a romper su acuerdo. Ella se paró a su lado y Arik sintió ganas de abrazarla y no dejarla marchar.

–No me habías dicho que tú financias la escuela de arte.

Frunció el ceño sorprendido por sus palabras. De todo lo que podía haber dicho eso era lo que menos se esperaba. Empezó a relajarse.

–¿Por qué dices eso?

–Uno de los instructores lo mencionó cuando me estaba enseñando las instalaciones –se detuvo y lo miró fijamente–. No te importa que lo sepa, ¿verdad? Es una idea brillante: fomentar los jóvenes talentos y al mismo tiempo dar educación a niños cuyas familias tienen problemas para pagarla. Creo que es grande.

Arik se encogió de hombros para disimular la molestia que le suponía que lo hubiera descubierto, aunque no era un secreto, de hecho estaba involucrado en muchos proyectos de apoyo a la gente.

–No te he traído aquí para impresionarte con mis actividades benéficas, simplemente pensaba que, como artista, disfrutarías viendo el trabajo de otros jóvenes talentos.

–Y lo he hecho. Ha sido maravilloso. Sobre todo los pintores de cerámica y los montadores de mosaicos –en sus ojos había un entusiasmo que daba brillo a su rostro–. Me encantaría hacer mosaicos, pero no sé de nadie que pudiera enseñarme en Australia.

–Podrías aprender aquí. Quédate un poco más. No habría ningún problema para que lo estudiaras aquí.

Rosalie echó la cabeza para atrás y sus miradas se encontraron.

—Es tentador, pero no puedo. Tengo responsabilidades.

Su hija, claro.

De pronto la perspectiva de un final para su corta relación apareció amenazante en el horizonte. La idea lo desasosegó. ¿Cómo podía querer algo más que unos pocos días con Rosalie? ¿Algo más que disfrutar de su cuerpo?

—A lo mejor más adelante, en otra visita.

—A lo mejor algún día —dijo ella tras dudar un momento—. Mientras tanto tengo que trabajar mi técnica de pintura, está un poco oxidada.

—Qué bien que tengas tiempo para dedicarle —hizo un gesto en dirección a la puerta del jardín—. ¿Mañana a la misma hora?

—Sí —su voz era ligera, sin aire, como si estuviera nerviosa.

Pero no le preocupó. Fuera lo que fuera lo que le hacía mantenerse cauta, Rosalie besaba como una mujer que sólo tuviera ojos para él. Y tenía que capitalizar todo ese entusiasmo. Muy pronto.

Capítulo 6

ROSALIE recorrió con la mirada la enorme sala con sus magníficas vistas sobre el mar y supo que había entrado en un mundo de riqueza que la mayor parte de la gente ni siquiera sabe que existe.

No había nada llamativo ni ostentoso, pero la casa de Arik estaba imbuida de ese lujo que sólo la auténtica riqueza podía comprar. Generaciones de riqueza y privilegios.

–Deja sin respiración –dijo dando una vuelta sobre sí misma.

Y así era, desde las espectaculares vistas sobre el mar hasta las soberbias alfombras hechas a mano y las tapicerías de seda.

–Me alegra que des tu aprobación a mi casa –Arik mantenía su habitual actitud educada mientras ella contemplaba su casa.

La expresión de sus ojos era indescifrable, su cuerpo estaba relajado. Rosalie deseó que no fuera un anfitrión tan perfecto. Deseaba ver un destello de la pasión que había encontrado en él un par de días antes, lo que había sentido en la erótica caricia de su boca.

Se le encendieron las mejillas al recordarlo mientras se dirigían a la enorme terraza que colgaba sobre el acantilado.

No podía olvidar el beso de Arik, ni su propia reacción. Al día siguiente había ido a la playa, medio nerviosa, medio secretamente emocionada por la idea de que pudieran volver a besarse. Esa vez, se dejaría rodear por sus brazos, sentiría la fuerza de su cuerpo, aliviaría la insoportable curiosidad que tenía por probar sus caricias.

Había ido esperando recibir otra lección de ese hombre que, evidentemente, era un maestro de la seducción. Ni siquiera había considerado la posibilidad de no ir. A pesar de su pasado, a pesar de que no había confiando en un hombre durante años, necesitaba ver a Arik de nuevo, estar con él. Lo demás daba lo mismo.

A lo mejor, como decía su madre, ya estaba preparada para darle otra oportunidad a la vida.

Miró a través de los cristales que daban a la terraza y, más allá, el vívido azul del mar.

Había sido un momento difícil para ella decidir que quería lo que Arik le ofrecía: la oportunidad de experimentar la pasión. El creciente agujero que sentía en su interior le decía que deseaba a un hombre... que lo deseaba a él. Había sido una auténtica revelación de su propia feminidad. La prueba de que había dejado atrás los problemas de su pasado.

Muchos años atrás, cuando soñaba despierta, se imaginaba el futuro con un hombre a su lado. Alguien en quien poder confiar y que la amaría siempre, pero los tiempos cambian y lo que le ofrecía Arik era perfecto para explorar sus nuevos sentimientos y aliviar su deseo sexual de forma segura. Porque él sería tierno. Podía confiar en él.

Y tenía la experiencia suficiente como para enseñarle todo lo que quería aprender. Se estremeció y cruzó los brazos cuando pensó en lo que quería de Arik.

Así que había sido terrible cuando se había dado cuenta de que él había cambiado de opinión.

Estaba lista para más y lo que se había encontrado era a un perfecto y distante caballero. Evitaba casi hasta tocarle la mano. Rehuía la intimidad. Se preguntaba si lo habría besado tan mal que había decidido abandonar todos sus esfuerzos de seducción. No la hubiera sorprendido.

Pero era un hombre que consideraba que una promesa era importante y parecía decidido a cumplir su compromiso. La comida del día anterior había sido breve; después, por la tarde, la había llevado en coche por la costa para enseñarle pueblos, lugares históricos y vistas que no hubiera ni imaginado. Pero se había sentido demasiado decepcionada como para que le interesaran.

¿Cómo se le decía a un hombre que deseas que te hiciera el amor? ¿Era de verdad así de sencillo? Y ¿qué pasaba si ya no le interesaba?

La noche anterior, sola en su cama, había sido lo peor. Estaba tan nerviosa que no había dormido. Ni siquiera después de una larga conversación telefónica con su madre y Belle. Tampoco después de un relajante baño. Todo le recordaba que su cuerpo estaba... excitado, listo para las caricias de Arik.

Cada vez se sentía más caliente. Incluso en ese momento, después de otra mañana de Arik posando educadamente para que lo pintara. No podía obviar su deseo por él.

La atracción sexual le había llegado tarde y no sabía cómo hacer para controlarla. ¿Por qué si no estaba allí de pie, sin respiración con la esperanza de que dos días después de mantener escrupulosamente las distancias Arik siguiera con sus besos?

A tientas buscó el pomo de la puerta de cristales y salió a la terraza. Necesitaba aire. Había sido idiota aceptando la invitación para comer ese día en su casa. Lo que tenía que hacer era escapar mientras le quedara una pizca de amor propio.

Se apoyó en la balaustrada de piedra y la agarró fuerte con las dos manos buscando el control. Irrisorio,

¿verdad? Cuando finalmente decidía aceptar la oferta de Arik de sexo sin compromisos, a él ya no le interesaba. Otra decepción más en su vida.

–¿Rosalie? –se detuvo sólo una paso por detrás de ella y le notó la tensión en la espalda cuando ella se había dado cuenta de que se había acercado tanto.

–Es una vista magnífica. Tienes mucha suerte de tener esto –recorrió con un gesto la playa y el contorno de la fortaleza.

Aun así lo que más le interesó fue el cambiante tono de su voz y su postura de prevención.

¡Maldición! Después de dos días de contención sobrehumana, se merecía más. Había visto tan claramente el dolor en su expresión después del beso que había decidido respetar que necesitara más tiempo. Y eso lo estaba matando. Necesitaba más. Mucho más.

Lo que había empezado como un perezoso entretenimiento, se había convertido en una fiera compulsión. Había reconocido en ella el recelo, el miedo, y había decidido ir más despacio, pero ya era hora de actuar.

–Sí, mucha suerte –dio otro paso hacia ella, lo bastante cerca como para sentir el calor que ella liberaba–. Mis antecesores lucharon largamente para conseguir estos territorios.

–Y ahora tú disfrutas de los beneficios.

Seguía de espaldas. ¿Tendría miedo de lo que él pudiera ver en su rostro? La idea lo estimulaba. Se inclinó hacia delante y apoyó una mano en la balaustrada al lado de la de ella.

–Mi política ha sido siempre disfrutar de los beneficios que se me ofrecen.

Ella se volvió con los ojos muy abiertos y llenos de confusión. Tenía los labios ligeramente entreabiertos y

Arik deseó inclinarse y besarlos, pero en su lugar, respiró hondo, la agarró de la mano y sonrió.

–Vamos, Rosalie. La comida tiene que estar lista. Puedes admirar la vista después.

Rosalie entró en silencio a la casa. Siguió en silencio mientras cruzaban una sala tras otra y le iba contando la historia del palacio-fortaleza edificado por un antecesor suyo siglos antes. Cada vez estaba más pendiente de la sensación que le producía su mano, de la proximidad de ella, cada vez más cerca según se adentraban en el palacio.

–Es enorme –dijo finalmente ella cuando llegaban al final de un largo pasillo.

No le dijo que habían pasado de largo tres comedores para almorzar en sus habitaciones privadas. Incluso a pesar de que el servicio estaba bien entrenado, no tenía intención de que los molestaran en toda la tarde.

–Después de ti, Rosalie –dijo haciéndole un gesto para que franqueara una puerta.

Lo miró un momento y Arik sintió la que se había vuelto ya habitual descarga eléctrica. Cruzaron el umbral y entraron en las habitaciones. Luchó para reprimir una sonrisa de anticipación.

La exclamación de deleite en los labios de Rosalie coincidió con el clic de la puerta al cerrarse. Se dio la vuelta y la vio frente a una ventana semicircular que daba al acantilado. Rosalie recorrió con la mano el respaldo del banco redondo que había bajo la ventana y después tocó las cortinas de seda.

El cuerpo de Arik le envió un mensaje urgente de necesidad. Se la había imaginado allí tantas veces, desnuda en el asiento acolchado o apoyada en el marco de la ventana, tendiéndole los brazos desnudos. Esas imágenes le estaban haciendo perder el control.

Deliberadamente, se dio la vuelta y entró a la sala

contigua en busca de las bebidas que estaban en una mesa al lado de un sofá.

–¿Te apetece algo frío? –murmuró en una voz que era un atenuado rugido de deseo.

–Sí, por favor.

Miró por encima del hombro y vio que ella se había movido, había rodeado la enorme mesa llena de comida y estaba investigando un telescopio que había en la ventana.

–¿Miras las estrellas?

Arik se encogió de hombros recordando un día de sólo una semana antes cuando la había visto por primera vez. Ya en ese momento había sabido que la desearía.

–O los barcos. Hay mucha actividad en esta zona de la costa –dijo echando unos hielos en un par de vasos y rellenándolos después–. Tenía escayolada la pierna y mirar era mi única diversión. No estoy acostumbrado a estar encerrado –se volvió y le ofreció un vaso.

–¿Cómo fue? ¿Cómo te rompiste la pierna?

–Un accidente en una plataforma petrolífera. Suceden, aunque afortunadamente no con mucha frecuencia –una explosión en una plataforma era un desastre y esa vez se habría llevado la vida de uno de sus hombres si él no se habría dado cuenta a tiempo y no hubieran dado la vuelta para rescatarlo.

–Parece peligroso –lo miró tan seria que deseó lanzarse a abrazarla.

Pero todavía no era el momento.

–La mayor parte del tiempo no es más peligroso que estar en tierra. Fue sólo una cuestión de falta de sincronización –se volvió a la mesa de la comida–. Parece que Ayisha ha estado ocupada.

–¿Ayisha?

–Mi cocinera. Ha debido pensar que debemos estar muertos de hambre después de nuestra sesión de la

playa –por el rabillo del ojo vio temblar a Rosalie. Se
preguntó si, como él, habría pensado en una sesión de
algo diferente de la pintura–. Espero que tengas hambre –él se sentía hambriento, pero no de comida. Al
menos comer lo tendría entretenido algo de tiempo–.
Por favor, siéntate.

Se deslizó al lado de ella, pero sin llegar a tocarla.

La comida estaba deliciosa. Ligeramente especiada,
pero Rosalie no consiguió concentrarse en ella.

Era el hombre que tenía a su lado quien atraía toda su
atención. Subrepticiamente observaba sus fuertes manos mientras acercaba platos, levantaba tapas y ofrecía
delicias. Un estremecimiento le recorría el cuerpo cada
vez que se rozaban. Adoraba su tacto. Había soñado con
él sobre su cuerpo. Sus manos la tenían como hipnotizada con una mezcla de fascinación y deseo. Quería
tener las manos de Arik más cerca, en sus pechos para
poder sentir su fuerza contra su propia suavidad.

Rosalie tragó con dificultad y trató de concentrarse
en la comida. Escuchaba la charla intrascendente que
hacía más lento el tempo de la comida, pero no había
forma de que pudiera relajarse. El nudo que sentía en
el estómago cada ver era más fuerte.

–Ésta es una de las especialidades de Ayisha, te la
recomiendo –dijo refiriéndose a un plato de arroz con
albaricoques, pasas y almendras–. Toma –murmuró–.
Y dime qué te parece.

Le tendió un tenedor lleno de arroz. Sus ojos eran
negros como sus deseos a medianoche y se sintió
como perdida, arrastrada...

Obediente, abrió la boca. Le pareció el colmo de la
intimidad que ese hombre le diera de comer.

El sabor explotó en su boca: dulce, como a nueces,
una mezcla perfecta, pero era su mirada lo que la tenía

cautivada. Era una fuerza palpable, calentaba su piel y la mantenía ansiosa, a la espera de su siguiente movimiento.

Finalmente consiguió tragar.

–Delicioso.

–Bien –sonrió provocando en ella una ola de puro deseo–. Toma un poco más.

De nuevo le tendió el tenedor. De nuevo la miró abrir la boca y aceptar la comida. Y de nuevo ella vio algo en su mirada. Algo que contrastaba con la relajada postura de su cuerpo y la tranquila sonrisa de su rostro.

–Gracias, pero no quiero más –dijo tras masticar y tragar deprisa.

–¿Ya has tenido bastante?

Ella asintió en silencio.

–Ah, entonces llega mi parte favorita de la comida.

Algo en el tono de su voz, en su acento hizo que se le erizara el vello. Se estremeció.

–¿De verdad?

Arik inclinó la cabeza sin dejar de mirarla.

–El postre –dijo–. Siempre he tenido debilidad por las cosas dulces.

Las palabras eran inocuas, pero no la forma de decirlas. Sabía que no estaba hablando sólo de comida. Sólo su mirada ya era una invitación: flagrante, tentadora.

Era el momento de marcharse. Realmente tenía que irse. Decir que había cambiado de opinión y quería volver a casa; o que le dolía la cabeza. Cualquier cosa con tal de salir de allí, para huir de la habilidad de ese hombre para seducirla con sólo una mirada, una palabra.

Podía hacerlo. Sabía que podía. Si quería.

–Yo...

–Sí, Rosalie –se acercó un milímetro más, lo bastante para inhalar su aroma.

Se humedeció los labios. Era su oportunidad para escapar. Arik no la detendría, tenía la absoluta certeza. Podía escabullirse hasta su refugio, lejos del mundo, darle la espalda a la tentación y confiar en las lecciones de temor y precaución que había aprendido los últimos tres años. Eso la protegería del dolor.

—Me gustan los postres —dijo tras una larga pausa.

Inmediatamente fue premiada con el brillo de una sonrisa.

—Pues tendrás, Rosalie —su voz era más grave que antes.

Le dio un beso en el dorso de la mano y Rosalie sintió como si se pusiera en marcha. La acarició con el pulgar y sintió que se estremecía entera, desde los sensibles pezones, hasta el cuello, los muslos y muy dentro de su vientre.

Dio la vuelta a la mano y la besó en la palma, deslizó la lengua por ella y Rosalie sintió una mezcla de calor y frío. Sintió como si reaccionara cada nervio de su cuerpo. De forma automática dio un tirón de la mano tratando de soltarse, pero él se limitó a sonreír y mantuvo la mano entre las suyas.

—No hay ninguna necesidad de apresurarse. Tenemos toda la tarde —después soltó la mano y tomó un plato del centro de la mesa—. ¿Quieres fruta?

Ella miró fijamente el plato y sonrió nerviosa.

—Yo... sí. Gracias —tenía la garganta seca, la voz rota.

Se refugió en un trago del zumo helado mientras trataba frenética de poner coto a sus emociones. ¿Había hecho lo correcto? ¿Se arrepentiría de haberse quedado?

Esperó que el helado dedo del miedo le recorriera la espalda, pero sólo sentía calor. Expectación. Sabía que pronto, muy pronto, estaría entre los brazos de Arik. Se mordió el labio para reprimir una sonrisa provocada por esa idea.

No, no se arrepentía.

–¿Melocotón? –le ofreció y ella giró la cabeza.

Le ofreció una brillante rodaja de fruta. Olía como el verano y sabía como a sol. Al acercárselo a la boca, sus dedos le rozaron ligeramente los labios.

–¿Tú no comes? –preguntó ella mientras Arik le ofrecía otro pedazo.

Esa vez el roce de los dedos en los labios se prolongó un poco más, lo suficiente para llegar a sentir la caricia del pulgar sobre el labio inferior.

Rosalie sintió una oleada de calor en su interior.

–Eso depende –dijo él recorriendo con la mirada el trayecto que iba del rostro de Rosalie hasta las manos.

¿Depende? Rosalie miró su propia mano y después la fruta que quedaba en el plato. «Depende de mí», se dio cuenta con un punto de osadía. Insegura, agarró una porción de fruta. Estaba madura, brillante, llena de zumo. Le temblaban los dedos.

¿De verdad iba a ser tan... provocativa como para darle de comer?

Respiró despacio para tratar de acompasar el ritmo de su corazón, pero cuando lo miró a los ojos, el pulso se le aceleró incluso más.

Rosalie le ofreció la fruta, el temblor de sus dedos era tan intenso que apenas le sorprendió que él agarrara la mano cuando metía la fruta en su boca. Masticó, tragó, sonrió y después lamió el jugo que quedaba en los dedos de ella.

Sintió un escalofrío de puro anhelo recorrer todo su cuerpo. Los pezones se pusieron erectos, duros como piedras dentro del sujetador mientras lo miraba chupar el pringoso líquido de sus dedos. Un incendio se desató en la parte baja de su vientre y una inundación en el centro de su deseo.

–Delicioso –susurró él con una voz grave y profunda que resonó dentro de ella.

Todavía sujetándole la mano, Arik eligió otro trozo de fruta y se lo ofreció acercándoselo a los labios. Esa vez no apartó la mano y ella tuvo que sacarlo de entre los dedos. ¡Cielos! Sabía a él. ¿O era él quien sabía a fruta? Le apoyó el pulgar en el labio inferior y ella pasó la lengua por el dedo mientras veía el brillo de la anticipación en los ojos de él. Despacio, separó ligeramente los labios y se metió el pulgar en la boca.

La expresión de placer de los ojos de Arik, reflejaba la excitación de Rosalie y mostraba que aquello era una delicia para los dos. Fue una constatación embriagadora. Por primera vez tenía sensación de poder, sabía que lo que hacía lo afectaba. Podría ser un maestro en todo aquello, pero incluso la novicia tenía algo que ofrecer.

Le ofreció otro trozo de fruta y sintió que se deshacía mientras él se la comía de su mano y recurría a la lengua para apurar el zumo en todos sus dedos.

–Rosalie –al oír su voz abrió los ojos y vio que se había acercado más y le ofrecía más fruta.

Obediente aceptó la oferta, pero estuvo torpe y el zumo se le fue por los labios.

Arik todavía le tenía agarrada una mano, así que levantó la otra para secarse el jugo, pero era demasiado tarde. Él ya se había movido y había limpiado la gota de zumo con la lengua.

El estremecimiento que el sensual impacto de la lengua recorriendo desde los labios hasta la barbilla provocó en ella fue impresionante. Sintió su aliento sobre ella, su aroma, gimió y cerró los ojos. Arik besó su mandíbula, la esquina de su boca y recorrió el camino hasta la oreja provocando descargas de calor en todos los nervios de su cuerpo.

Dejó caer la cabeza hacia atrás mientras la besaba en la garganta. Si la tocaba en ese momento, sería bienvenido. Y entonces, de pronto, desapareció. Rosalie abrió los ojos para encontrárselo mirándola desde tan cerca que con inclinarse unos centímetros hubiera llegado a sus labios.

Por un momento se quedó pensativa, sorprendida, deseosa. En ese instante, Arik se movió, se recostó en su asiento y se giró ligeramente.

Rosalie sintió pánico. ¿Habría cambiado de opinión? Ya tenía que saber que ella lo deseaba. Se sentó erguida justo cuando él se volvía con una pequeña toalla húmeda en la mano.

Su expresión era tensa, casi dura mientras le limpiaba la barbilla, las manos. Después dejó la toallita en la mesa y la miró fijamente. Lo que vio en sus ojos la dejó sin voz.

Su rostro parecía de bronce. En cualquier otro hombre esa expresión la hubiera asustado, pero en Arik la excitaba.

—Es el momento —dijo él agarrándole las dos manos—. Ya has decidido, ¿verdad, Rosalie?

Hizo una pausa esperando su respuesta, pero no era capaz de hablar, así que sólo asintió.

—Bien —tiró de ella y la puso de pie—. Por fin seremos amantes.

Capítulo 7

LA LIGERA brisa del mar que entraba por las ventanas abiertas, refrescaba las rosadas mejillas de Rosalie mientras Arik la conducía a sus dominios privados. Su dormitorio era grande, luminoso y ventilado. En el centro de la pared trasera había una cama baja, ancha y suntuosa, cubierta con una rica colcha. Allí la dejó Arik despacio; después se tumbó al lado de ella.

Rosalie tragó con dificultad y lo miró mostrando la realidad de su deseo. ¿Sería capaz de seguir adelante con aquello?

En un momento, Arik la estaba tocando, obligándola suavemente a tumbarse con una promesa de paraíso en su tacto. El señuelo de una satisfacción largamente negada. Rosalie se dejó caer a su lado antes de pensarlo dos veces. De momento era su cuerpo quien respondía, no su mente. Actuaba sólo por instinto.

Sus besos eran perfectos y esa vez no eran sólo un encuentro de lenguas y labios. Cuando Arik alzó la cabeza para tener un mejor acceso a su boca, sus manos flotaron sobre ella. Incluso a través de la ropa sus caricias pusieron en marcha un deseo que hacía saltar chispas. Por encima de la piel desnuda de la cara y el cuello, en los hombros, la espalda, los brazos, los costados y de nuevo el rostro. Por donde la acariciaba dejaba un rastro de mareante estímulo.

Entonces, el anhelado calor del cuerpo de él la rodeó. Automáticamente Rosalie se colgó de él, disfrutando de la sensación de su torso empujándola contra el colchón. Sin respiración se dio cuenta del modo en que su ancho pecho aplastaba sus senos, pero no dolía, sólo sentía un delicioso deseo que erizaba cada centímetro de su piel. Quería frotarse contra él, explorar sus fuertes músculos con las manos, los labios, el cuerpo.

Quería unirse a él y sentir la piel en su piel. Quería...

—Rosalie —la vibración de su profunda voz era seductora.

La besó en la comisura de los labios y luego siguió por el cuello. Rosalie arqueó el cuerpo de forma involuntaria gimiendo de placer.

—He esperado tanto por ti —susurró él mientras sus manos se movían diestramente desabrochando los botones de la blusa.

Abrió los ojos que no se había dado cuenta de que había cerrado y miró a Arik. Respiraba agitado. Era guapo, incluso hermoso de una forma extraordinariamente masculina. Pero era el fuego interior, el brillo de su personalidad, de su deseo, lo que derrotaba a Rosalie. Había en él una intensidad que la hubiera asustado sólo una semana antes. En ese momento, disfrutaba de ella. Le gustaba tanto Arik. Lo necesitaba.

Sintió la caricia del aire frío mientras él separaba los dos lados de la blusa y la desnudaba desde la cintura.

La mirada de Arik se detuvo en el sujetador, recorrió con ella el contorno de los pechos. Sus ojos estaban turbios por el deseo.

—Eres preciosa, Rosalie —dijo mientras recorría el borde superior del sujetador con un dedo.

Rosalie sintió una sacudida por la inesperada intensidad de esa ligera caricia. Su respiración era un puro gemido de auténtico placer. Sin pensarlo, arqueó la espalda rogando en silencio que él repitiera el gesto.

–Y respondes tan exquisitamente... –murmuró mientras volvía a acariciar la parte superior de los pechos.

–No estoy protegida –dijo ella y se mordió el labio mientras el rubor cubría sus mejillas.

–Por supuesto, es responsabilidad mía protegerte, pequeña.

Su tono amable la convenció de abrir los ojos. Sus miradas se encontraron y la vergüenza que había sentido un momento antes desapareció. Respiró despacio, vio la expresión de los ojos de él cuando sus pechos se levantaron e hizo el esfuerzo de continuar.

–No tengo mucha... –experiencia estuvo a punto de decir, pero había estado embarazada, había dado a luz, él no lo entendería y no quería entrar en más explicaciones–. Es que ha...

–¿Pasado mucho tiempo? –terminó él la frase–. No te preocupes. Una vez que se aprende, la lección del amor no se olvida nunca.

Eso era de lo que ella tenía miedo. A lo mejor era mejor decírselo. Abrió la boca reacia, pero él se anticipó.

–Entre nosotros, pequeña, será fácil –su profunda voz era tranquilizadora y su sonrisa le recordaba que podía confiar en él.

De nuevo sus manos recorrieron el contorno del sujetador, después bajó un poco y acarició el pezón a través de la tela de algodón.

Se quedó sin respiración tras un gemido de sorprendente placer. ¿No se había preguntado cómo se sentiría cuando la tocara...?

–Perfecto –murmuró Arik mientras bajaba la boca hasta la de ella–. Lo nuestro será perfecto.

Después ya no pensó más. Nada de preocupaciones. Nada de vergüenza. Sólo el cálido terciopelo negro de sus besos, la creciente excitación que provocaban sus manos cada vez más exigentes, primero en un pecho y luego en el otro.

Podría hacerse adicta a las caricias de Arik. Era lo que quería, pero no era suficiente.

Cuando Arik se echó para atrás un momento, las manos de ella se colgaron de sus hombros. Lo miró y en su boca vio la pasión que había entre ambos. Una pasión que se reflejaba en el brillo de sus ojos y que subía y bajaba en su pecho cada vez que respiraba.

La última sombra de duda que quedaba, desapareció. Sabía que aquello estaba bien.

–Quiero tocarte, Rosalie –Arik se sorprendió del sonido de su propia voz.

Estaba al límite de su control, resistiéndose con fuerza a sus ansias de quitarle la ropa y enterrarse en su caliente suavidad.

Había sentido el deseo antes y tenía la suficiente experiencia para moderar sus ansias y saber que sus anhelos serían satisfechos, pero la intensidad de las sensaciones, el efecto que le producía ver a Rosalie volver a la vida cada vez que la tocaba, era algo completamente nuevo para él.

Había visto un instante de duda en los ojos de ella, así que sabía que tenía que ir despacio. Incluso aunque eso lo matara.

Suavemente le sacó la blusa por los hombros.

–Tócame –ordenó deseoso de sentir sus manos en la piel.

Por un instante ella no se movió, pero entonces despacio, tan despacio que casi le agarró las manos y se las llevó al pecho, empezó a tocarlo. Le desabrochó un botón; después otro. Y luego otro... Luego una mano se deslizó dentro de la camisa, justo encima del lugar donde su corazón latía su mensaje de deseo y doloroso control.

–Más –exigió.

La suave exploración se detuvo un instante, pero de nuevo los dedos siguieron con los botones de la camisa. Esa vez deprisa. Arik suspiró de alivio. Otro obstáculo superado.

Esperó hasta que la camisa estuvo completamente desabrochada; entonces se la sacó por los hombros. Abrió los ojos y la encontró mirando absorta su torso desnudo.

Le pasó las manos por el pecho, dibujó los músculos que se contraían con sus caricias.

–Eres hermoso –dijo ella.

–No, Rosalie. Tú lo eres –no podía resistir tanta tentación mucho más tiempo.

Se inclinó y le pasó las manos por la espalda. Tardó un segundo en desabrochar el sujetador y quitárselo.

Hubo un momento de respiración frenética. Un instante de sorprendida apreciación. Después ya la estaba tocando, deslizando el índice bajo la curva de sus redondos y voluptuosos pechos, subiendo por ellos, después bajando pasando por los rosados pezones que se endurecían y convertían en capullos bajo sus caricias.

Era exquisita. Perfecta. Y el pequeño temblor que se notaba en ella cuando la acariciaba demostraba su increíble sensualidad.

Cubrió un pecho entero con la palma de una mano, sintió su peso y sonrió al comprobar lo adecuado de su tamaño. ¿No había sabido que sería así? Los dedos se tensaron sobre la sensible punta, la retorcieron un instante, y el cuerpo entero de Rosalie dio un salto. Era como si hubiera estado esperando por él, sólo por él. La idea era ridícula, pero una fantasía deliciosa.

La respiración entrecortada de ella inició una oleada de calor en el vientre de Arik. Estaba duro por el deseo, llevaba así desde la comida, pero había llegado a un punto en el que el control era casi imposible. Se

echó sobre ella rozándola con sus muslos para que no-
tara la erección.

No estaba seguro de poder aguantar mucho más,
pero miró a Rosalie y en su rostro apreció una sorprendente palidez. Lo deseaba, pero algo que vio en ella,
en su rostro, hizo que parara.

Decidió hacer lo que había deseado desde el principio. Inclinó la cabeza sobre los pechos. La besó en los
pezones y la sujetó fuerte entre los brazos cuando casi
se cayó de la cama como respuesta. Era como si hubiera accionado algún resorte dentro de ella. Los estremecimientos se sucedían mientras lamía los pechos.
Cuando tomó un pezón entre sus labios, los gemidos
se volvieron frenéticos. Lo agarró de la cabeza con las
dos manos mientras él disfrutaba de su dulzura. Cambió al otro pecho.

Lo rodeó con las piernas y Arik pudo sentir en su
erección su calor incluso a través de la ropa.

Su control se estaba agotando.

–Arik –susurró–. Por favor...

Sin dudarlo, las manos fueron hasta el botón del
pantalón, la cremallera. Se levantó un instante mientras ella levantaba las caderas para que pudiera tirar un
poco del pantalón, lo suficiente para tener acceso al lugar que más deseaba.

–Por favor –volvió a susurrar y él le metió la mano entre los muslos y apretó contra su sensible centro–. ¡Arik!
–en su voz había una especie de ronquera que le encantó.

Levantó la cabeza y no supo decir si lo que vio en
su rostro era delicia o pánico.

–Shh, está bien, Rosalie, simplemente, relájate.

Ella bajó las manos para acariciarlo en el cuello. Le
temblaban, pero eran cálidas y suaves.

Arik bajó una mano y alcanzó el lugar más secreto
de ella. Lo rodeó hasta que encontró lo que estaba buscando. Estaba caliente, húmedo, preparado.

–¿Arik? Yo no...

–Confía en mí, Rosalie –fueran los que fueran sus pasados encuentros sexuales, estaba claro que no le habían proporcionado mucho placer.

La constatación le provocó rabia y un profundo deseo de protegerla, la necesidad de asegurarse de que todo fuera perfecto para ella.

Rosalie abrió la boca para responder a sus caricias y gimió. Los ligeros temblores se convirtieron en estremecimientos. Su cuerpo se arquéo en busca de las caricias. La emoción que eso le provocaba, su cuerpo deseoso, oír su nombre una y otra vez pronunciado por sus labios en medio de los gemidos de placer, era mejor que ninguna otra cosa que hubiera hecho antes.

Cerró los ojos y las vibraciones empezaron a decrecer. Arik estaba ardiendo, desesperado por alcanzar la liberación tras la embriagadora sensación del clímax de Rosalie. Deslizó un dedo entre las piernas y una nueva sacudida la recorrió. Era tan increíblemente sensual.

La besó en la boca. Su respuesta fue instantánea, sus labios se abrieron y él se sumergió en su boca permitiéndose la libertad que todavía no le había dado a su cuerpo.

Rosalie gimió y le pasó las manos por los hombros. Automáticamente la parte baja de su cuerpo presionó la de ella, justo en su caliente centro.

Finalmente se separó de ella, lo bastante para que sus manos se soltaran de los hombros y se deslizaran provocativas por el pecho. Tenía los ojos cerrados, los labios hinchados y rojos. La piel de los pechos enrojecida. Respiraba profundamente, le pelo parecía oro encima del cobertor de seda.

¿Quién era esa mujer que había aparecido como de la nada sólo unos días antes? ¿Quién había absorbido su vida?

Era un milagro.

Se apartó de ella y se incorporó para terminar de quitarle la ropa. Le llegó a la nariz el embriagador aroma de hembra excitada, lo que lo incitó aún más.

Tardó un momento en quitarse él la ropa y buscar la protección que le había prometido.

El mundo de Rosalie se había salido completamente de su órbita. Había girado loca entre los brazos de Arik mientras éste la había llevado hasta el clímax. Todo habían sido luces rojas y calor hasta que se había dado cuenta que sólo quedaban de ella las cenizas. Sólo Arik, su mirada, su cuerpo que sujetaba el suyo la había llevado de vuelta a un lugar seguro. Si no hubiera sido por la conexión entre ellos, habría muerto de puro éxtasis.

Sus negros ojos habían sido lo único real en su falta de conciencia.

Y en ese momento sentía... cerró los ojos tratando de buscarle un nombre a lo que sentía, a esa efervescente excitación que la llenaba, pero no pudo.

Notó por primera vez el tacto de la colcha que había debajo de su cuerpo, de su cuerpo desnudo. Arik le había quitado la última ropa que le quedaba hacía un momento.

Rosalie abrió los ojos ansiosa por volver a sentirlo encima de ella, pero cuando lo vio le costó tragar.

Estaba de pie al lado de la cama, con las piernas separadas en una postura totalmente masculina. Estaba desnudo, glorioso. Cada músculo, cada curva de su cuerpo estaba a la vista para que ella pudiera disfrutarla. Miró, fascinada, el oscuro pelo que cruzaba su pecho y se estrechaba y desaparecía al descender. Hubiera sido un gran modelo para un artista, pero no podía mirarlo como una artista, había perdido la objetividad.

En lugar de eso empezó a respirar entrecortada al ver la imagen de rampante deseo masculino que tenía delante. La emocionó. Y la asustó.

Llevaba puesto un preservativo. Rosalie volvió a tragar, se le había quedado la boca seca. Sintió que los ojos se le abrían de par en par. Él la miró y sonrió.

–Rosalie –murmuró mientras daba un paso en dirección a la cama y se arrodillaba ante ella–. Mi hermosa chica de oro –le tomó una mano y la besó en la palma.

Era magnífico. El oscuro bronce de su cuerpo contrastaba con la palidez de su piel. Sintió mariposas en el estómago. Sintió que las piernas le rozaban las suyas, el vello de sus muslos. Entonces él se inclinó y la besó en el ombligo.

Sintió un maremoto que partía desde ese punto y recorría todo su cuerpo. La visión de su cabeza inclinada sobre ella hizo que de nuevo fuera consciente del calor húmedo que sentía entre las piernas. La sensación de vacío, de necesidad.

La acarició en el vientre, recorrió la distancia entre las caderas con besos. Se movía incómoda, consciente de las renovadas señales de urgencia que su cuerpo le enviaba al cerebro.

Arik levantó la cabeza y sonrió.

–¿Te gusta cuando te beso aquí? –la besó en la cintura, en el estómago.

Trató de apartarlo de nuevo sintiéndose insegura de sí misma.

–¿No te gustan mis besos? –su tono era de broma, pero en su gesto sólo se veía el deseo.

Abrió la boca para responder, pero algo la detuvo, un nudo de emoción que cerraba su garganta. Era tan dulce, tan tierno. La trataba como ningún hombre la había tratado antes. El calor le puso vidriosos los ojos y sacudió la cabeza.

–¿Rosalie? –dijo en tono abrupto mientras se incorporaba para poderle ver mejor la cara.

En respuesta ella lo abrazó y se levantó para darle un beso, abriendo la boca y entregándose al éxtasis que sentía. Entregándose a él.

Por un momento, permaneció rígido encima de ella. Entonces, mientras sus lenguas bailaban y con sus manos ella le dibujaba círculos en la espalda, se acercó más. Rosalie disfrutó de la suavidad de su piel, de la sensual fricción del vello de su pecho contra los pezones. Era... excitante. La presión de su cuerpo era algo estimulante. Sentía la caliente palpitación de su sexo entre las piernas.

–Rosalie –murmuró contra su boca–. Me vuelves loco de deseo.

Los besos se hicieron más urgentes y las caricias más posesivas. La agarró de las caderas y la levantó y ella sintió su dureza en su zona más íntima. Instintivamente, levantó un poco más las caderas.

–Eres una hurí enviada para embrujarme.

Le pasó una mano por los pechos, suavemente, provocando en ella un grito de excitación cuando una sensación como de llamarada le recorrió el cuerpo. Arik le hablaba en su idioma, una sucesión de sílabas que sonaban como música en sus oídos.

Todo lo que había era él. La fragancia de su piel, el sabor de su lengua, la sensación de que estaba por todas partes.

Apenas se dio cuenta cuando él se movió, le pasó la mano por debajo de un muslo y le levantó la pierna por encima de él, pero sí notó la presión cuando él se metió entre sus piernas abriéndose paso contra ella, dentro de ella.

Se quedó helada, absorta por la sensación de que la estaba llenando.

Arik se echó un poco para atrás. Ella tuvo la impresión de que un par de ojos negros la observaban, después la cabeza desapareció entre sus pechos y toda su coherencia se esfumó.

No había nada más que Arik y el brillo de las estrellas detrás de sus párpados.

Pero entonces, de pronto, hubo más. Un simple, suave y continuo movimiento que la llevó más adelante, llenándola de modo imposible. Abrió los ojos para verlo suspendido encima de ella, su rostro apenas reconocible debido a la tensión.

Por un momento no hubo ninguna clase de movimiento, sólo el subir y bajar del pecho de Arik cada vez que respiraba hondo.

–Levanta la otra pierna, corazón.

Despacio, ella hizo lo que le decía y él se deslizó ligeramente para entrar más dentro. Rosalie tenía los ojos desorbitados. Era... era... maravilloso.

Le pasó las manos por los hombros y le rodeó las espalda para tenerlo más cerca cuando empujaba.

El tempo empezó a acelerarse, los cuerpos se calentaron más, brillantes por la excitación y el movimiento. Rosalie volvió a experimentar la sensación de manar, de estremecerse. Oía los latidos de su propio corazón, la respiración de Arik. Sus lenguas volvieron a encontrarse. Lo saboreó. Olió su piel. Ella era parte de él, su cuerpo se deslizaba con el de ella dirigiéndola a un torbellino, a una tormenta de gloriosas sensaciones.

Y entonces llegó: una ola de plenitud que rompió contra los dos. Desesperada se agarró a Arik como a un salvavidas. Era la única realidad sólida que había mientras su mundo desaparecía por el estallido que la sacudió hasta el más recóndito centro. No tenía palabras para expresar lo que sentía, sólo sabía que estaba más allá de sus expectativas, sus esperanzas, incluso sus fantasías.

Y sentir a Arik sujetándola con sus fuertes brazos

que temblaban por la fuerza de su propio clímax, sosteniéndola como si nunca fuera a soltarla, era lo más importante de todo.

¿Cómo podía ocurrir algo así entre dos extraños?

Era algo más que la unión de dos cuerpos. Era la comunión de dos almas.

Rosalie suspiró. El sexo ocasional no se suponía que fuera así de... perfecto, ¿verdad?

¿En dónde se había metido?

Capítulo 8

ESO PARECE divertido, Amy. ¿Qué haces mañana con la abuela? –Rosalie movió el teléfono mientras su hija le describía sin respirar cómo al día siguiente tenía que ver unos cachorros y un poni que comía zanahorias de su mano.

Evidentemente todo eso le resultaba más interesante que la grandeza del palacio donde estaba. Aunque sí estaba impresionada por su tío Rafiq, un hombre alto y sonriente que la levantaba en brazos y le daba vueltas hasta hacerle chillar.

La madre de Rosalie tenía razón. Amy lo estaba pasando muy bien con su familia. Y no sólo eso, el pequeño ejército de sirvientes de Rafiq las estaban malcriando también.

La puerta que Rosalie había dejado abierta se movió ligeramente cuando Arik entró en la habitación. Sus miradas se encontraron y a ella se le quedó la boca seca. Lo mismo que ella, Arik llevaba una larga bata, que resaltaba la anchura de sus hombros y la fuerza de su cuerpo.

Sólo una mirada a ese hombre y una ola de calor le recorría el cuerpo. Lo miró entrar en la habitación y le empezaron a sudar las palmas de las manos excitada al recordar cómo la había amado esa tarde. El mundo de placer que había abierto ante ella.

Finalmente, media hora antes, le había dado un último beso en los labios antes de dejarla y decirle que seguramente querría hablar con su hija. Sólo en ese momento se había dado cuénta de que había pasado toda la tarde entre sus brazos. Había sentido vergüenza porque fuera él quien hubiera tenido que recordarle sus responsabilidades.

Y en ese momento, sólo con verlo, le resultaba difícil hablar con su hija. ¿Qué clase de madre era? Seguro que había algo mal en sus prioridades. Nada había más importante para ella que su hija. ¿Qué le estaba pasando?

Arik no se acercó. Le dedicó una sonrisa que hizo que un calor líquido le recorriera la espalda, después desapareció en el cuarto de baño. Un instante después oyó el sonido de agua corriendo. Parpadeó tratando de volver a la llamada.

–Ahora me tengo que ir, mamá. La abuela dice que tengo que colgar.

–Muy bien, cariño. Pórtate bien con la abuela y la tía Belle y nos veremos pronto.

–Sí, mamá. Adiós.

–Adiós, corazón.

Lentamente apagó el teléfono y lo dejó al lado de la cama. Otra señal de la generosidad de Arik, o mejor de su riqueza. No sabía que Amy estuviera en Q'aroum y no es Australia. Tenía que haber asumido cuando le había dejado el teléfono que era una llamada internacional.

Una más de las diferencias entre el mundo de Arik y sus esfuerzos para llegar a fin de mes. A pesar de las continuas ofertas de Belle, Rosalie estaba decidida a salir adelante por sí misma. Las vacaciones en Q'aroum habían sido una excepción.

–No es necesario que termines de hablar ya –interrumpió sus pensamientos la profunda voz de Arik.

Se volvió y lo vio en el umbral de la puerta del baño. Se estremeció. Nunca había experimentado ese incandescente estallido de placer, esa sensación de unidad con otra persona. Arik había sido la reunión de todas sus fantasías: fuerte, apasionado y tierno. Sentía como si de un modo inconsciente le hubiera entregado una parte de sí misma cuando habían hecho el amor. Todo el tiempo había parecido perfecto y, en ese momento, esa idea sembraba una duda en su interior.

Estaba en peligro de meterse en algo demasiado profundo. Una cosa era una aventura de vacaciones y otra era aquello. Era como si se hubiera establecido una conexión entre los dos.

Lo miró a los ojos y supo que era una batalla perdida tratar de permanecer quieta al lado de él. Se le había metido en la sangre, en los huesos. Lo había absorbido dentro de ella. Temía que nunca volviera a ser la misma. Que nunca estuviera completa sin él.

–¿Está bien tu hija? –sonrió y de nuevo empezó a hervir en ella el deseo.

–Se lo está pasando en grande –intentó ignorar el tono ahogado de su voz–. Está con sus tíos y mi madre. Creo que la están malcriando.

–Así es como debe ser. Todos los niños merecen ser un poco malcriados por su familia. Así se olvidará un poco de que está lejos de ti.

La mayor parte de los hombres que conocía no hubieran considerado las cosas desde esa perspectiva. No eran tan comprensivos con las necesidades de los demás y menos con las de una niña pequeña. Pero claro, nunca había conocido a un hombre como Arik. Tan masculino y comprensivo al mismo tiempo.

–Hablas como si entendieras de niños –de pronto sintió curiosidad por saber algo más de él.

Se encogió de hombros.

–Soy hijo único, pero tengo una familia muy extensa. Mi infancia la pasé aprendiendo disciplina y responsabilidad de mi padre y siendo consentido casi por todos los demás. Aquí nos gustan especialmente los niños.

–¿Y tu madre?

–Ah, mi madre es una mujer de fuertes pasiones –hubo un destello en sus ojos–. Fue ella la que me enseñó a seguir mi corazón. Ella cree que puedes lograr cualquier cosa que te diga el corazón si no abandonas nunca –la miró de un modo que hizo que se sintiera maravillada–. Vamos –dio un paso adelante, le pasó las manos por detrás y la levantó en sus brazos.

Automáticamente ella se colgó de su cuello y el corazón se le puso a latir a toda velocidad.

–¿Adónde vamos?

La miró un largo rato hasta que Rosalie empezó a sentir que se derretía con la anticipación.

–Ya ha sido suficiente charla, de momento –entraron en el enorme cuarto de baño.

Abrió los ojos de par en par al ver la habitación octogonal. En cuatro lados enormes ventanas que daban al espectacular acantilado. En el centro, justo debajo de una cúpula dorada, estaba la bañera más grande que había visto jamás. Estaba hundida en el suelo, llena a medias con agua caliente y espuma.

Su corazón desbocado bajó a un ritmo más expectante. La bajó al suelo. Lo mismo que ella, él estaba desnudo debajo de la bata. De alguna manera, que los dos estuvieran completamente cubiertos acentuaba la sensualidad del momento. La sensación de la seda caliente en la piel. La presión del musculoso cuerpo y su flagrante erección era más erótico que verlo desnudo.

Rosalie se puso de puntillas para besarlo.

–No –dijo él sacudiendo la cabeza–. Todavía no.

Arik le apoyó una mano en la boca y con el pulgar le presionó los labios para que los abriera, así lo hizo ella y empezó a saborear el dedo. Le empezaron a temblar las piernas y a arder el vientre.

–Pronto –prometió él.

Con un suave movimiento agarró el borde inferior de

la bata y empezó a levantársela. Cada vez más arriba haciendo que sintiera el frescor de la brisa en los muslos, el vientre, los pechos. Dejó caer la bata al suelo.

Empezó a recorrerla con sus manos: las piernas, las nalgas, las caderas, la cintura, los pechos. Sintió que un calor húmedo se instalaba entre sus piernas. Lo miró a los ojos y vio en ellos la misma excitación que ella sentía.

Empezó ella a recorrer con sus manos su bata hasta llegar al cinturón, desatarlo y dejarla caer al suelo. Sintió un peso en el pecho al recorrer el cuerpo desnudo con la mirada. Era magnífico.

—Si me miras así esto habrá terminado antes de empezar.

Levantó la vista hasta el rostro y lo miró. Tenía un gesto como de dolor fruto de la tensión. ¿Habría sido ella quien lo había provocado? ¿Su presencia? ¿Su cuerpo? Era una idea embriagadora.

—Métete en el baño, Rosalie y me uniré a ti en un momento —su voz era tranquila, un susurro, pero había perdido el tono suave, era una voz atravesada por la excitación.

Rápidamente se dio la vuelta y se metió en la bañera sintiendo de inmediato el lujo del agua templada en la piel.

Casi gritó cuando la vio descender entre la espuma. A tientas buscó un preservativo y se lo puso. Estaba temblando entero, palpitando por la fuerza del deseo.

Ella se dio la vuelta y los ojos casi se le salieron de las órbitas cuando lo vio meterse en la bañera, lo que le recordó a Arik que, con todo su entusiasmo y sensualidad natural, Rosalie era una mujer de escasa experiencia.

La conmoción en su rostro cuando habían sido uno,

la expresión de sorpresa cuando había escalado las cimas de la pasión, las dudas con las que lo había abrazado al principio... había sido casi como hacer el amor con una virgen.

La experiencia había sido nueva para él. Rápidamente había quedado cautivado por la emoción de sorprenderla, de enseñarle los secretos de su propio cuerpo. Y cuando ella había empezado a devolver caricias, a moverse con él, había sido como si juntos hubieran encendido la mecha de la dinamita. La fuerza de su clímax conjunto debería de medirse con la escala de Richter.

Era un hombre que disfrutaba de las mujeres. Disfrutaba del sexo. Era un hombre de alguna experiencia, pero nunca, jamás, había alcanzado el puro éxtasis que había sido hacer el amor con Rosalie.

La había vuelto a desear casi de inmediato, pero había sido capaz de reprimirse para que pudiera llamar a su hija.

Sería un reto de siglos llevar aquello despacio. Ella era la tentación personificada. Lo miraba con esos enormes ojos verdes, los labios rojos e hinchados, los provocadores pezones, apareciendo y desapareciendo bajo las burbujas cuando se movía.

Se volvió a cerrar los grifos deseando poder hacer lo mismo con su libido, o al menos reducir su velocidad para recuperar algo de control.

—Ven aquí, Rosalie —le hizo con la mano un gesto de invitación e inmediatamente ella se deslizó por el asiento del interior de la profunda bañera.

Lo agarró de la mano y se acercó más. Sintió que su cadera tocaba la de él y de inmediato se volvió y le pasó una mano por detrás del cuello y la besó mientras con la otra mano le rodeaba la cintura. Ella sonrió. Estaba lista.

Cuando le acarició los pechos, un sonido como un

ronroneo se escapó de su garganta. Se acercó más a él y él se apoyó en ella.

Si hubiera querido, habría podido poseerla en ese momento simplemente con un pequeño cambio de postura, pero no lo hizo. Quería darle algo más que un rápido acoplamiento, así que tenía que contenerse. Tenía que olvidar sus propias necesidades y...

Un rayo le sacudió el corazón cuando una pequeña mano rodeó su sexo. Se estremeció incapaz de controlar su respuesta. Le exploró la boca con la lengua mientras le intentaba quitar la mano, disfrutando con la sensación aunque reconocía que no era suficiente.

–¡No! –la palabra fue casi un rugido–. No me toques.

–¿No te gusta? –el tono no era de broma y había seriedad en sus ojos.

Sintió un fuerte nudo en el pecho al ver cómo dudaba ella, cómo se mordía el labio inferior como asustada de haber hecho algo mal. ¡No sabía lo que le estaba haciendo!

La miró a los ojos, llenos de sinceridad y confusión.

–Me encanta lo que me hace sentir tu mano, Rosalie. Demasiado –ella abrió la boca sorprendida y Arik intentó dominarse–. Ése es el problema, por eso tienes que parar.

Con las manos temblorosas le agarró la muñeca y quitó la mano, deslizó los dedos entre los de ella y le retuvo la mano. Con la otra mano le acarició los pechos y fue bajando por el vientre hasta conseguir deslizar sus dedos en el suave lugar que había entre sus muslos.

–¡No! –grito ella soltándose la mano. Le puso las manos en el pecho y empujó–. No, Arik, por favor.

La miró y sintió una gran ternura por esa sensacional mujer. Quisiera lo que quisiera, se lo daría.

–Es a ti a quien necesito –gimió Rosalie–. Por favor.

¿Cómo resistirse a una petición así? Ser consciente del deseo de ella era la más fuerte de las seducciones. Con un movimiento se acomodó en el asiento de azulejos y la levantó hasta sentarla a horcajadas encima de él. La siguiente vez, se prometió, la poseería más despacio. La siguiente vez sería más fuerte.

–Baja –ordenó mientras se incorporaba un poco para poder alcanzar uno de sus pezones con la boca.

Gimiendo de placer Rosalie fue bajando despacio, increíblemente despacio, permitiéndole así entrar donde deseaba.

Era como una muerte gradual, un éxtasis tan a cámara lenta que pensó que lo mataría. La agarró de la cintura, apretándola contra él hasta que sólo fueron uno.

La miró a los ojos y se sintió perdido. ¿Cómo podía ser al mismo tiempo tan seductora e inocente? Tenía el cuerpo, el instinto erótico de una lasciva, pero al mismo tiempo parecía inexperta, casi sorprendida por la sensación de excitación. Quería poseerla violentamente y protegerla al mismo tiempo.

Ella se movió, inclinó las caderas experimentalmente, con fuerza aunque huidiza. Arik dejó resbalar las manos hasta las caderas y la empujó más fuerte. La vio abrir mucho los ojos mientras una ola de placer golpeaba a ambos.

–¿Arik? Yo... –la voz fue decreciendo cuando las oleadas de placer empezaron en su interior.

Tan pronto, tan fuertes que hacían que de forma instintiva sus movimientos adoptaran el ritmo que sus cuerpos necesitaban. Había magia en su tempo, en el ansioso contacto de piel con piel, en el ritmo de sus corazones latiendo al tiempo.

No había visto nada mejor que el brillo del éxtasis en sus ojos de jade verde.

El final le llegó a los dos fuerte y rápido, arrasándolo todo en una ola de éxtasis tan brillante, tan fantástica, que parecía imposible. Era interminable, como los gemidos de excitación de Rosalie, como el rugido de las sangre en sus oídos, como su deseo de ella, que sólo crecía.

Cuando finalmente terminaron, ella se desplomó encima de él. La rodeó con los brazos.

La próxima vez, la próxima, la poseería despacio... La próxima vez no se dejaría arrastrar por el placer tan deprisa. La siguiente vez la amaría como se merecía ser amada...

La luz del amanecer teñía de rojo la habitación, la cama, al hombre que yacía a su lado y que la tenía abrazada incluso cuando dormía.

Habían pasado juntos la tarde y la larga noche tocándose, acariciándose. Incluso mientras estaba dormida, había estado entre sus brazos y cuando se había despertado lo había visto y de inmediato se había encendido en ella el fuego de la pasión.

Miró su hermoso rostro, trazó el contorno de la mandíbula. Los afilados ángulos de las mejillas, el fuerte perfil de la nariz, la sensual línea de los labios. Sintió un estremecimiento en el vientre cuando recordó esos labios sobre su cuerpo, exquisitamente sensibles, ásperamente exigentes, haciéndole desear cosas, hacer cosas que nunca había soñado.

Volvió a experimentar esa sensación de calor en su interior, pero esa vez no era la antesala del deseo sexual, era algo mas profundo, más perturbador.

Rosalie tragó con dificultad por la constricción que sentía en la garganta mientras reunía fuerzas para afrontar la realidad después de una noche tan maravillosa. Siempre había sabido que no era de las que disfrutan de una aventura informal. Nunca había sido su estilo y los traumáticos acontecimientos de tres años antes sólo habían incrementado su precaución.

Sí, había sucumbido a la seducción de Arik sin apenas protestar. No podía alegar que había sido arrastrada por el calor del momento. No, había sido una decisión consciente la de aceptar lo que le ofrecía. Lo deseaba, deseaba satisfacer su curiosidad, aprender sobre el deseo y la pasión. Se había dicho a sí misma que con Arik estaba segura, que no le pediría más de lo que ella quisiera dar.

Cuando hubiera terminado se iría, volvería a la vida real sabiendo que sólo había sido una aventura de vacaciones, un momento de placer en medio de una vida centrada en reconstruir el futuro y sacar adelante a su hija. Nada habría cambiado.

Pero sí. Se había engañado a sí misma.

Rosalie cerró los ojos y respiró hondo. El evocador olor del sexo la llenó. Abrió los ojos. Había estado ciega deliberadamente a las consecuencias de haberse entregado a él. Ciega a las señales de alerta. Ignorante al peligro con la determinación de vivir el momento.

Y tenía que pagar el precio.

Quería acariciarlo, recorrer el contorno de la mandíbula, acariciar la boca con los labios, apoyarse en el duro pecho y sentir cómo su vello rozaba sus pechos.

Pero no debía. Ya había entendido cuál era su debilidad. Era algo que Arik le había enseñado bien. Sabía que una vez que la tomaba entre sus brazos, estaba perdida. Sucumbiría de nuevo a la magia de su cuerpo.

La cuestión era que, para ella, Arik era algo más que una pareja informal. No había nada informal en lo que sentía por él. Nunca lo había habido. Instintivamente lo había sabido, pero había rehuido la verdad escondiéndose tras el fácil argumento de que sólo era una aventura pasajera.

Era mejor marcharse en ese momento. Terminar

con el asunto antes de que él se diera cuenta de lo que ella sentía. No creía ser capaz de poder afrontar su lástima.

Después de todo, ya era el momento. Había terminado el cuadro el día anterior. Técnicamente su acuerdo con Arik había finalizado.

¿Tendría la suficiente fuerza para vencer su desesperado deseo y hacer lo que debía?

Capítulo 9

NO, SEÑOR. He revisado dos veces. No hay ninguna Rosalie Winters que se aloje aquí. Ninguna australiana en los últimos meses.

–De acuerdo, muchas gracias –Arik colgó el teléfono y respiró hondo.

«Piensa», se dijo. Ella no estaba ni en los hoteles del paseo marítimo ni en las pequeñas casas de huéspedes, pero no podía haberse desvanecido en el aire. ¿Dónde podría haberse quedado?

Cerró el puño sobre el papel que tenía delante. El sonido que produjo al arrugarse incrementó su rabia. ¿Cómo se le había ocurrido desaparecer dejando sólo una nota? La frase resonaba en su cabeza:

«Ha sido maravilloso...

Mejor que no volvamos a vernos.

Gracias».

¡Gracias! ¡Como si le hubiera hecho un favor!

Se le aceleró el pulso y apretó la mandíbula al pensar en su descaro. Como si él fuera un conocido al que se podía despedir con un agradecimiento educado. O, peor, que como ya había servido a su propósito, podía deshacerse de él como si fuera una especie de souvenir barato que había decidido no comprar.

Como si no hubieran sido amantes. Amantes de un modo que nunca lo había sido con otra mujer. Cada momento con ella había sido tan intenso. Tan excitante. Había aprendido a disfrutar de sus silencios mientras se concentraba en la pintura. Había gozado de su placer, se había sentido conmovido por cómo ella había apreciado su país y gustado de su ingenio tanto como de su cuerpo.

Habían compartido el mejor sexo que él recordaba. ¿Cómo se atrevía a dejarlo de ese modo? Sin explicaciones. Sin razón aparente para huir de su lado como una ladrona. Eso era lo que había hecho: escabullirse cuando se había quedado dormido, como si no pudiera enfrentarse con él cara a cara. Como si se sintiera avergonzada por el placer que habían disfrutado juntos.

Era él quien tenía que avergonzarse por haber permitido que su aventura se convirtiera en algo que significaba mucho más. Había permitido a Rosalie penetrar en su interior como nunca antes lo había logrado ninguna mujer. Con su aparente inocencia, su seductora dulzura, lo había ido arrastrando todo el tiempo, lo había utilizado y después se había ido. Seguro que estaba deseosa de compartir la historia de su aventura de vacaciones con sus amigas.

Frunció él ceño. No, a pesar de su ira no podía pensar eso de ella. No era una manipuladora.

Pero entonces, ¿qué había fallado? ¿Por qué esa repentina huida?

Giró sobre los talones y salió a la terraza, miró para abajo, hacia la playa, como cientos de veces antes. No había una huella desde la última marea alta. Ni rastro de su figura.

No podía permitir esa situación. Era evidente que su relación tendría que terminar en algún momento. Siempre lo había sabido. Pero todavía no. No hasta que estuviera preparado.

Una tarde y una noche con Rosalie entre los brazos apenas había saciado su apetito de ella. Fuera cual fuera la razón por la que lo había dejado, tenía que convencerla de lo contrario. Aunque tuviera que retrasar su incorporación al trabajo una semana o dos... El tiempo necesario para llenarse de ella.

Marcó en el móvil el teléfono del aeropuerto, después se apoyó en la balaustrada mientras hablaba con uno de los administradores.

En pocos minutos había confirmado que Rosalie Winters había tomado un vuelo con destino a la capital de Q'aroum hacía una hora. Tenía que haber batido todos los récord de velocidad para llegar a tiempo.

No había más vuelos hasta allí durante el día, pero eso no era problema, podía usar su helicóptero; además sabía que no había conexiones internacionales para Australia hasta dentro de un par de días. Tiempo suficiente para encontrarla y convencerla. Incluso le venía bien: tenía un asunto oficial en la capital al día siguiente.

Arik sonrió. En cuanto la encontrara, ella desearía que volvieran a hacer el amor. Estaba seguro. Nada de retenciones, el tiempo de las precauciones había pasado. Rosalie iba a sentir toda la fuerza de su pasión. Sería fácil convencerla de que había cometido un error.

Obtendría placer hasta que la brillante llama del deseo se agotara como era inevitable. Entonces, sólo entonces, estaría de acuerdo con que ella terminara con esa aventura.

Entró de nuevo en la habitación. Primero tenía que averiguar en qué hotel se alojaría y después ir a visitarla. Volvió a sonreír. Conseguiría convencerla.

Un día después, Arik miraba por encima del gentío que llenaba la sala de audiencias del palacio real de Q'aroum. Sintió como si hubiera recibido un fortísimo golpe en medio del pecho. No podía creer lo que veían sus ojos.

No le sorprendía no haber encontrado ni rastro de Rosalie en los hoteles.

No entendía cómo podía haberse desvanecido sin dejar huella. Hasta ese momento. Hasta que había visto a la familia real al fondo de la enorme sala.

Allí estaban su primo Rafiq, su esposa, Belle, y su hijo, Adham. El primer cumpleaños del heredero del trono era la causa de la recepción. Tras Rafiq y Belle estaba de pie una mujer de más edad con ropas occidentales y que, por el parecido, sólo podía ser la madre de Belle. Y a su lado, en parte oculta, otra mujer más joven. Los pantalones y la túnica de largas mangas cubrían sus formas, pero no conseguían ocultarlas. No para alguien que conocía hasta el último centímetro de ese cuerpo de sirena. No cuando su sensación, su aroma, su sabor estaban grabados en su mente.

Rosalie.

Su nombre le resonó en la cabeza. No había ninguna duda. Tenía que ser la hermana de Belle. Sólo había que fijarse en los ojos, la forma de la boca, la decidida barbilla.

Su amante era la cuñada de Rafiq. Se quedó sin respiración al considerar las implicaciones.

Estaba emparentada con la realeza. Más que eso... era, por matrimonio, miembro de su propia familia extensa. Rafiq, aunque por parentesco fuera sólo su primo segundo, en realidad era como un hermano para él. Habían crecido juntos, compartido un vínculo que se había estrechado cuando a temprana edad Rafiq había perdido a sus padres en un accidente y él a su padre por enfermedad.

Si hubiera sabido quién era Rosalie desde el principio, ni siquiera se habría planteado tener una aventura con ella. No porque no hubiera querido, sino porque no habría tenido elección. Estaba obligado por vínculos familiares, por la tradición, por la mera cortesía y, sobre todo, por el respeto que sentía por Rafiq.

Su relación la hacía inadecuada para una aventura corta, no importaba lo deseable que fuera.

Respiró hondo. No había vuelta atrás. Lo hecho, hecho estaba. Su cuerpo ya la conocía y deseaba su dulce suavidad. Aunque cualquier posibilidad de reiniciar la relación estaba descartada al conocer su auténtica identidad.

Apretó los puños al sentir cómo el deseo aún ardía en su sangre. Podría haber gritado su frustración en voz alta, mirar a través de toda la sala a la mujer que indudablemente no podía tener.

La luz hizo brillar el rubio pelo de Rosalie cuando levantó la cara y sonrió por algo que había dicho Rafiq. Al instante, sin ninguna razón, Arik sintió que le hervía la sangre a causa de los celos. Que mostrara esa sonrisa, incluso la menor intimidad con otro hombre alimentaba su frustración.

La deseaba. Casi más que antes. Incluso en ese momento, viéndola en una sala atestada de gente, su cuerpo respondía a su presencia.

No había descansado desde que ella había abandonado su cama. No podía dejar de pensar en su seductor cuerpo, sus brillantes ojos, su dulce risa y su agudeza mental.

Y para descubrir que era intocable... Era más de lo que su cuerpo podía soportar.

¿Por qué habría guardado en secreto su identidad? ¿Para embaucarlo?

Sacudió la cabeza para tratar de aclararse. No, Rosalie no era tan calculadora. Fuera cual fuera la razón de su reticencia, seguro que no era ésa.

La gente de la sala se movió y Arik pudo ver otra cabeza rubia. Los dorados rizos pertenecían a una niñita con cara de ángel y la sonrisa de su madre. Amy.

Arik sintió una especie de vacío cuando vio a Rosalie inclinarse para hablar con su hija. El amor entre ellas era evidente. Brillaba como el día.

De pronto, increíblemente, sintió una punzada de incomodidad al ver la intimidad que había entre ellas. Respiró hondo, soltó los puños y estiró los dedos. No podía estar celoso de su hija. Era un despropósito.

Una fuerte emoción le oprimió el corazón mientras las veía juntas y era consciente de que nunca podría tener la intimidad que deseaba con esa mujer.

—Se llama Rosalie —dijo una voz femenina a su lado.

Sorprendido, Arik se dio la vuelta, considerando la posibilidad de que alguien hubiera leídos sus pensamientos por el gesto de su rostro.

Pero la mujer no estaba hablando con él. Se había dirigido a otra mujer de mediana edad. Las dos estaban a su derecha supervisando a la multitud.

—Muy guapa, como su hermana —respondió la otra mujer—. Pero no basta con ser guapa, como yo digo siempre. Y hay más de lo que se ve con los ojos...

—¿Sí? —la primera mujer bajó la voz—. ¿Qué has oído?

Arik contuvo la respiración. Había sido totalmente discreto, al menos en público. Nadie podía haber notado su interés por Rosalie. Y su servicio era completamente discreto y leal. ¿Podría haber habido alguna filtración? ¿Algo que pudiera hacer daño a Rosalie?

—Bueno, ¿ves a su hija pequeña? No tiene padre. No está muerto ni se ha divorciado. De hecho —inclinó la cabeza para acercarse más a su amiga— he oído que rechaza pronunciar el nombre del padre. Si quieres saberlo, yo creo que es sólo una excusa. Seguramente no puede decir el nombre del padre. Ya sabes cómo son las jóvenes hoy en día.

—Por desgracia parecen no ser lo bastante listas como para tomar ejemplo de las de más edad —las palabras se escaparon de los labios de Arik antes incluso de volverse a mirar a las dos.

Vio cómo dos bocas y dos pares de ojos se abrían

desmesuradamente. En su interior deseó salvajemente que hubieran sido dos hombres jóvenes para poder dar salida física a la ira que le nublaba la vista.

Respiró hondo para intentar atemperar su agresiva respuesta.

–¿Dónde queda la costumbre de Q'aroum de ser hospitalarios con los recién llegados? –preguntó arqueando una ceja–. Están las cosas muy mal cuando una extranjera es objeto de chismorreos. ¿Me pregunto cómo reaccionaría nuestro anfitrión si se enterara de que se hacen ese tipo de comentarios en su propia casa?

Su reacción habría resultado cómica si su ofensa no hubiera sido tan grande. Oyó sus disculpas, sus excusas y vio la vergüenza en sus rostros mientras se alejaban, pero no se sintió satisfecho. Estaba furioso por lo imposible de la situación. Le gustaba Rosalie. Quería volverla a tener en su cama, pero también era consciente de que quería algo más. Por encima de todo quería protegerla, incluso del daño que pudiera hacer a su reputación entre la gente más cercana.

Apretó la mandíbula y se dio la vuelta en dirección a la familia real. Entornó los ojos. Había llegado el momento de presentar sus respetos al anfitrión.

Rosalie estaba hablando con Amy cuando lo oyó.

Por un momento pensó que se lo había imaginado. Tenía que ser una alucinación, una jugarreta de su subconsciente.

Se mordió el labio convocando a la resolución que casi había llevado hasta el límite las últimas treinta y seis horas. ¿Hacía tanto que se había separado de él? La tristeza, el dolor que sentía en el pecho le decía que era así. Entonces volvió a oír su voz. ¡Arik!

Se dio la vuelta y casi se desmayó allí mismo. Era él. Allí. Sólo a un par de metros.

Estaba de pie hablando con Rafiq y Belle y parecía que fueran viejos amigos. ¿Por qué no lo había pensado? Como jefe de su pueblo, tendría que ser una persona importante en el país. Seguramente estaría en el consejo de gobierno que Rafiq había mencionado. Y por la forma en que se saludaban era evidente que había entre ellos algo más que protocolo.

Rosalie sintió que la cabeza le daba vueltas al considerar todas las implicaciones. ¿La habría visto? ¿Sabría quién era ella? ¿Cómo iba a hacer para enfrentarse a él de nuevo y mostrar un interés simplemente educado cuando ya sólo el sonido de su voz la alteraba? Ya sentía ese calor líquido del deseo que provocaba la anticipación de sus caricias.

Lo miró indefensa. Desde donde estaba tenía una excelente visión de sus botas de cuero repujadas a mano. Los pantalones sueltos blancos, la faja roja que llevaba en lugar de cinturón y, prendido de ella, un cuchillo ceremonial. Una camisa de lino adornada con bordados dorados. Una capa larga de color claro le colgaba de los hombros. Un pañuelo blanco en la cabeza que enfatizaba el bronceado tono de su piel.

Era Arik, pero un Arik que no había visto antes. Arik el jeque, el noble. El extraño.

Al darse cuenta de la posición tan vulnerable que ocupaba tan abajo, se incorporó y tomó en brazos a Amy.

Escapar antes de que la viera, era imposible. Ya se lo estaba presentando a su madre. Un minuto más...

–Y ésta es mi hermana, Rosalie. Y su hija. Amy.

Unos ojos negros como la noche la dejaron paralizada. Los dos sintieron un fuego interno que, de alguna manera, saltó el corto espacio que los separaba. El familiar ardor del deseo.

Pero no era sólo una sensación física lo que veía en él. La había visto ya con anterioridad. Era algo más. Algo más fuerte y mucho más peligroso.

–¿Rosalie? –había preocupación en la voz de Belle, pero Rosalie no podía apartar la mirada de Arik.

Estaba buscando las palabras adecuadas, la clásica frase hecha para la ocasión cuando habló Arik.

–Hola, Rosalie –sólo eso, pero en un tono que no dejaría dudas a nadie de que se conocían ya.

Por el rabillo del ojo, Rosalie vio a Belle cambiar de postura mientras Rafiq permanecía inmóvil mirando. Y todo ese tiempo Rosalie permaneció en silencio, sin palabras, tanto por la visión de su amante como por el deseo que latía en su interior.

–No esperaba verte aquí.

¿Era enfado lo que notaba en las palabras de Arik? Había pensado tanto en su propia necesidad de escapar que no había considerado lo enfadado que podía estar él por su súbita desaparición.

Si hubiera sido más fuerte, se habría quedado y le hubiera comunicado su decisión de marcharse. Él, sin duda, se habría encogido de hombros y aceptado su decisión. Después de todo, sólo estaba interesado en una relación corta.

–Hola, Arik –la voz le sonó ronca.

Tragó con dificultad y se refugió de la penetrante mirada volviéndose hacia su hija.

–Amy, éste es Arik.

La niña abrió mucho los ojos al mirarlo. Durante un instante consideró lo que veía y luego dijo:

–Hola.

–Hola, Amy. Me alegro de conocerte. Me han hablado mucho de ti.

Rosalie se volvió y lo vio sonriendo a su hija. De su expresión había desaparecido el calor, la dureza. Parecía casi... suave.

Algo se removió dentro de ella cuando vio al hombre que tanto significaba para ella dedicándole su mejor sonrisa a su hija. Por un instante, Rosalie, se descubrió deseando que las cosas fueran de otra manera, deseando lo imposible...

—¿Os conocéis? —preguntó Belle sin poder ocultar la curiosidad en los ojos.

Rosalie supo que no iba a poder escaparse sin dar una explicación detallada. Tendría que tener preparada su historia para cuando estuvieran solas.

—Sí —Rosalie se aclaró la voz—. Nos conocimos una mañana en la playa justo antes de que Amy y mamá se vinieran contigo.

—¿Sólo os habéis visto una vez?

Rosalie miró a Arik, pero éste tenía los labios firmemente cerrados. Por ahí no iba a encontrar ayuda.

—No. Más de una. Pasé un par de mañanas pintando una escena de playa y él me ayudó. Me refiero a...

—Rosalie vio mis yeguas bañándose y quiso meter una en el paisaje que estaba pintando. Fue un placer ayudarla.

—¿Así que hiciste a Ahmed que bajara los caballos a la playa para que los pintara Rosalie? —preguntó Rafiq en tono frío.

Arik miró al rostro de Rosalie. Tenía una expresión sosa, pero los ojos ardían. ¿Podría alguien más que ella darse cuenta del incendio que había allí dentro?

—No —negó Arik con la cabeza lentamente—. Estaba al final de mi encierro, incapaz de volver a la rutina. Llevé yo mismo las yeguas a la playa.

Se volvió repentinamente a mirar a Rafiq. Tenía un gesto retador en el rostro. No se movió, pero de pronto parecía más grande, con los hombros más anchos.

Algo pasó entre los dos hombres en ese momento. Como si mantuvieran una comunicación sin palabras que nadie más podía compartir.

Entonces el gesto de Arik se relajó y Rafiq sonrió y le dio una palmada en el hombro.

—Estás tan orgulloso se esas yeguas. Cualquiera

pensaría que quieres competir con lo que hay en mis establos.

—Qué suerte tienes, primo, de que mi educación no me permita discutir con mi anfitrión. Simplemente me limitaré a observar que es evidente que ha pasado mucho tiempo desde la última vez que montaste en uno de mis caballos.

—¿Primo? —preguntó Rosalie.

—Rafiq y Arik son parientes —respondió Belle sin dejar de mirarla—. He olvidado los detalles específicos, pero son familia, como puedes ver.

Rafiq estaba sugiriendo una carrera para dilucidar quién tenía mejores caballos, pero su expresión era relajada mientras bromeaba con Arik.

—Ya veo —susurró Rosalie.

La situación era imposible. Ya era bastante malo estar prendada de un hombre a quien no podía tener. Ser consciente de que había cometido el mayor error de su vida, pero verse obligada a relacionarse con él dentro del círculo de su sobreprotectora familia donde todo el mundo estaba obsesionado con que ella estuviera bien... era algo impensable.

Respiró hondo para contener la sensación de que las paredes se cerraban en torno a ella. Llevaba tanto tiempo sin experimentar esa sensación de pánico repentino. Había pensado que serían cosas del pasado.

—Rosalie, ¿estás bien?

La voz de Arik atravesó su conciencia haciendo añicos su sensación de aislamiento. Lo miró agradecida. Su mirada la reconfortó. Se recolocó a Amy en la cadera.

—Sí, estoy bien.

—Llevas corriendo detrás de Amy desde que ha amanecido —dijo la madre—. Sería mejor que descansaras un poco —tendió los brazos a la niña—. Ven, Amy, pasa un rato con la abuela.

Reacia, Rosalie soltó a la niña. Sin ella en los brazos se sentía vulnerable, demasiado expuesta a la atención de Arik.

Pero no tenía de qué preocuparse, segundos después Arik y Rafiq se enzarzaban en una animada discusión sobre los animales de sus establos. Su madre y Belle le echaban un vistazo a Adham y se preguntaban cuándo se despertaría para que Belle pudiera escabullirse un momento para darle de comer.

Rosalie oía sus voces en medio de las del resto del gentío mientras deseaba quedarse a solas con sus cavilaciones.

Resistió una hora más de charla ligera y discursos en honor a Adham vigilando a Amy que había hecho nuevos amigos. Después, por fin, Rosalie vio que la gente empezaba a despedirse. Ya podía marcharse sin la sensación de estar echando a perder una ocasión especial.

Sin decir ni una palabra a su madre, tomó a Amy de la mano y se la llevó por el laberinto de pasillos del palacio. La niña estaba muerta de sueño por la alteración de su rutina y la falta de la siesta, así que no le costó mucho dormirla.

Mientras la niña dormía, Rosalie miraba al techo. Se sentía terriblemente sola, más que en muchos años, aunque estuviera allí, escuchando la respiración de su hija.

Arik le había hecho eso. Se sentía desasosegada, como con claustrofobia.

Cinco minutos después estaba de pie en un antiguo balcón de piedra mirando al mar. Aún quedaba una última luz del crepúsculo que teñía el cielo de colores que iban del azul al índigo.

Rosalie respiró aliviada. Había descubierto aquel tranquilo rincón en su primera visita.

¿Qué haría si Arik decidía quedarse a pasar una

temporada en casa de su primo? Se suponía que a ella aún le quedaban unas semanas en Q'aroum y levantaría sospechas, además de preocupar a su familia, si se iba antes. ¿Qué alternativa tenía?

Estaba inclinada con las manos apoyadas en el parapeto cuando algo le hizo ponerse rígida.

El sonido de una enorme y antigua puerta cerrándose tras ella.

—Hola, Rosalie —oyó decir a la voz con la que soñaba—. Pensaba que podría encontrarte aquí.

Capítulo 10

ROSALIE se dio la vuelta para mirarlo y Arik se dio cuenta con desesperación de que estaba más guapa que nunca. Tenía la túnica arrugada donde había llevado a Amy y el pelo revuelto como si unos diminutos deditos hubieran estado jugando con él.

A Arik le gustaba verla así, ligeramente desarreglada. Como si acabara de salir de su cama o se dirigiera a ella.

Sintió un espasmo de los músculos del vientre. Lo inevitable de su reacción incrementó su rabia. Se cruzó de brazos y esperó. La miraba a la espera de sus explicaciones.

—No esperaba verte aquí —dijo ella con voz suave y casi sin aire.

—¿No? —la miró fijamente—. ¿Esperabas que me quedara en casa satisfecho con la absurda nota que me dejaste? —sentía burbujear la furia en su interior al recordar la breve carta.

—No sabía que ibas a venir a la recepción.

—Si hubieras sido sincera conmigo, Rosalie, te habría contado mis planes. No tenía ni idea de que fueras parte de la familia de Rafiq, ni de que estuvieras aquí.

—¡He sido sincera! —se agarró una mano con la otra y alzó desafiante la barbilla—. Nunca te he mentido.

Lentamente, Arik sacudió la cabeza y se acercó a ella. Se sintió satisfecho por la forma en que ella reaccionó: trastabillando y apoyándose en la balaustrada.

—Me has mentido por omisión, Rosalie. Y lo sabes

–hizo un gesto retándola a negarlo–. Sabes que nunca nos habríamos convertido en amantes si hubiera sabido quién eras. ¿Por eso me ocultaste la verdad?

–Por supuesto que no –dijo dándose la vuelta para mirar al mar–. No planeé tener una aventura contigo. Fue idea tuya.

–Entonces, ¿por qué no me dijiste quién eras? ¿Por qué esconder la verdad si no hay un motivo oculto?

Se acercó aún más, lo suficiente como para sentir su incitador aroma. Hasta el día anterior no hubiera dudado en abrazarla, recorrer su cuello con los labios, saborear la dulzura de su lengua mientras sus manos le quitaban la ropa.

¡Qué diferencia había establecido un solo día! Se había convertido en algo prohibido.

–Sólo quería ser... yo, supongo. No me gusta todo el jaleo que va asociado a estar relacionada con la familia real. Para mí es importante ser independiente –se encogió de hombros e hizo un gesto con las manos como pidiendo ser entendida–. Da lo mismo. No veo qué importancia tiene. No era importante.

–¿Que no es importante?

¿Cómo podía decir que su verdadera identidad no era algo importante cuando era lo único que evitaba que la tomara entre sus brazos y la poseyera allí mismo? ¿No se daba cuenta de la intensidad de su deseo por ella? No podía ser tan ingenua. No después de lo que habían compartido. Tenía que saber cómo ardía por ella, incluso en ese momento.

Finalmente, levantó los ojos y lo miró.

–No necesitabas saberlo todo sobre mí –respondió con amargura en la voz–. Me querías en tu cama, eso es todo. No necesitas saber todos los detalles íntimos de alguien para eso. Y eso es todo lo que ha habido entre nosotros, Arik. Sexo. Una aventura. Sin ataduras. Eso es todo lo que habrá.

Arik respiró hondo y se clavó los dedos en los brazos por debajo de la capa para dominarse. Frunció el ceño sorprendido al sentirse ultrajado por sus palabras. Seguramente ella tenía razón: el sexo era lo único que tenía en la cabeza en un principio, pero después... Ya no era suficiente.

Frunció el ceño. Era sencillo. Ella estaba usando la lógica que él había empleado durante años.

–Tienes una muy mala opinión de mí, de los hombres, si crees que para nosotros no hay nada que no sea el sexo rápido. ¿El tiempo que hemos pasado juntos no te dice nada de mí? ¿No crees que soy algo más que libido? –en su voz se notaba la furia.

Después de toda la paciencia, la ternura que había mostrado con ella, se sentía mancillado por su acusación.

Si tuviera razón, la hubiera seducido el primer día ignorando sus protestas y desconfianzas. Hubiera aprovechado su debilidad para utilizar su cuerpo. Hubiera sido algo rápido y salvaje y fantástico. Nada parecido al exquisito sexo que habían compartido.

Se acercó hasta la balaustrada y la agarró con las dos manos. Estaba enfadado con ella por el insulto implícito. Y con él mismo porque sabía que ella tenía razón al interpretar su motivos iniciales. No había querido otra cosa que su delicioso cuerpo.

Contraatacó furioso recordando los maliciosos chismorreos que había escuchado en la recepción.

–¿O es que no puedes soportar la idea de compartir algo con un hombre? ¿De confiar en uno? ¿Es eso, Rosalie? ¿Te da miedo lo que podría suceder si te abres? –se dio la vuelta y la taladró con la mirada–. ¿Es eso lo que pasó con el padre de Amy? ¿Le dijiste que sólo era una necesidad física?

El áspero gemido de Rosalie rompió el tenso silencio. En sus ojos brillaba la conmoción cuando miró a

Arik. Al instante, éste se arrepintió de sus palabras. La frustración que sentía hablaba por él. Nunca había sentido una rabia semejante y ella resultaba un objetivo demasiado fácil para su ira. Sabía perfectamente que era contra sí mismo contra quien tenía que dirigir su furia.

Rosalie se apoyó en la barandilla como si las rodillas no la aguantaran y Arik dio un paso en dirección a ella dispuesto a sujetarla.

—¡No! —hizo un gesto con la mano para detenerlo y negó con la cabeza.

La miró mientras ella se daba la vuelta y dirigía sus ojos al mar. Incluso en la oscuridad, Arik podía ver el gesto de amargura.

—A lo mejor tienes razón —dijo con una voz que él no reconoció—. A lo mejor el problema soy yo. ¿No te parece? —se dio la vuelta para encontrarse con su mirada, después volvió a mirar al mar. Cuando volvió a hablar su voz no tenía entonación ninguna—. Pero te equivocas respecto al padre de Amy. No fue así.

—Lo sé, Rosalie, yo...

—No puedes saberlo. No tienes ni idea —hizo una pausa y respiró hondo—. Así que te lo diré. Se supone que confesar es bueno para el alma, ¿no?

Una parte de él deseaba acercarse y abrazarla. Decirle que no tenía por qué compartir un pasado que evidentemente era doloroso para ella, pero se quedó quieto. Otra parte de él sí quería escucharlo. Incluso aunque ya no pudiera tenerla, aunque se hubiera convertido en un tabú.

—Hace algunos años dejé mi casa y me fui a vivir a Brisbane —dijo con una voz sin color—. Había ahorrado lo bastante para poder ir a estudiar allí. No tenía beca, pero encontré un trabajo a media jornada y un apartamento diminuto. Soñaba con convertirme en una artista —dudó un momento, pero siguió—. Supongo que en esa época era una ingenua. Demasiado confiada. Confiaba en la gente y estaba tan emocionada con aprender arte que no tenía tiempo para nada más —hizo una pausa tan larga que Arik pensó que no iba a seguir—. Nunca había tenido novio. Se puede decir que he empezado a tener interés por el sexo ya mayorcita... —soltó una carcajada llena de amargura.

Arik apretó las manos contra la piedra hasta que los nudillos se le quedaron blancos. Había tanto dolor en su voz.

—Y entonces, en mi segundo año en Brisbane, apareció un tipo —suspiró un par de veces—. Era... diferente. Incluso me miraba de un modo distinto. Me hacía sentir... especial.

Arik se insultó a sí mismo por ser tan estúpido de haber despertado en ella todos esos recuerdos. No quería oír hablar de sus amantes anteriores.

—Al principio no parecía darse cuenta de que yo existía, pero un día me pidió que saliéramos. Iba a una fiesta esa noche y me dijo que fuera con él —cada vez respiraba más deprisa, empezó a hablar más rápido—. Era en una casa enorme. Una mansión. Nunca había estado en un sitio así. Había tantas habitaciones, tanta gente por todas partes. Gritos y música. Gente pasándolo bien.

Arik se acercó un poco más preocupado por el modo en que respiraba y el ritmo antinatural de sus palabras.

—Rosalie, no tienes que...

—Me tomé un cóctel y salí a una terraza con un grupo grande. Hablábamos de arte, de galerías y de nuestros proyectos para el futuro. Era fantástico... —la voz decayó y Arik la vio cerrar los ojos—. Era fantástico al principio, pero entonces me empecé a sentir mareada. Indispuesta. Alguien me dijo que a lo mejor la bebida era muy fuerte y que era mejor que me echara un poco

–tragó con dificultad–. Ni siquiera recuerdo haber salido de la terraza. Sólo recuerdo a alguien sosteniéndome, llevándome. Y luego, nada.

El silencio entre los dos era espeso, tenso por la carga de los recuerdos y la súbita sensación de Arik de tener una corazonada.

Rosalie abrió los ojos y se agarró con todas sus fuerzas a la barandilla.

–Cuando me desperté era por la mañana –el tono de su voz cada vez era más incierto mientras miraba sin parpadear al mar infinito–. Descubrí que estaba desnuda. La cama estaba toda revuelta y yo... magullada. Me habían violado.

Las palabras resonaron en la cabeza de Arik y sintió como un golpe en el estómago. Una sensación como de caída en picado. De rabia incontrolable.

Durante unos minutos se quedaron en silencio.

–¿Lo denunciaste? –preguntó cuando finalmente recuperó la voz.

Ella negó con un gesto de la cabeza.

–No tenía ni idea de quién era el responsable. Podía haber sido el tipo que me llevó allí o cualquier otro. Y me sentía... sucia. Sólo pensaba en volver a casa. Huir. No podía pensar siquiera en la posibilidad de una investigación. Alguien preguntando a toda esa gente. Todo el mundo enterándose...

–No fue por tu culpa, Rosalie –dijo con los dientes apretados.

El fuego que sentía en su vientre, la adrenalina que inundaba su sangre, necesitaban una salida. Deseó haber estado allí para encargarse del responsable.

Se dio la vuelta y con infinita ternura, la abrazó. Contuvo la respiración esperando que ella protestara y se sintió tan increíblemente bien cuando no lo hizo. Al menos confiaba en él para reconfortarla.

–Sé que no fue culpa mía –su voz era como un murmullo contra su pecho–, pero entonces no era fuerte. No como ahora. Tenía miedo.

La abrazó más fuerte. Deseó poder limpiar todo ese dolor. ¡Demonios! Deseó no haber abierto nunca la boca.

–Y después descubrí que estaba embarazada –había más dolor en esa voz rota del que había oído nunca.

–Ya está, Rosalie –dijo alzándole la barbilla.

–Ahora sí –susurró ella–. Al principio no. Al principio no quería al bebé. Pensaba que me recordaría lo que había pasado, pero cuando nació... Fue distinto. La quiero tanto. Es parte de mí y nunca dejaré que nada se interponga entre nosotras.

Gimió y se echó para atrás entre sus brazos. La soltó reacio. El frío aire ocupó el lugar de su calidez en el pecho. Sus brazos estaban vacíos sin ella.

–Amy es todo lo que necesito en mi vida –alzó los ojos llenos de lágrimas para mirarlo–. Pero cuando me ofreciste pasión no pude resistirlo. Tenía curiosidad. Quería descubrir por mí misma cómo era. Quería saber, probar lo que no había probado nunca.

En toda su vida Arik no se había sentido peor. Al lado del trauma de ella, de su necesidad de consuelo, su propio deseo físico era algo superficial, sus planes para llevársela a la cama lo avergonzaban.

La miró buscando alguna señal de ánimo en su pálido rostro, pero no encontró nada. Ni dolor, ni arrepentimiento. Ninguna emoción. Le preocupó. Al menos él sentía el sabor de la emoción en la garganta, el sabor salado de la congoja que había experimentado cuando en su infancia había perdido a su padre. Se sentía lleno, como si no le cupiera el corazón en el pecho.

–Lo que hemos compartido ha sido maravilloso –dijo Rosalie con una voz carente de toda emoción–. Gracias, Arik, pero es hora de que vuelva a mi vida real. A mis responsabilidades y a mi hija.

Se alejó de él, escapando de su alcance como un fantasma. La puerta de madera chirrió cuando se marchó. Y no quedó nada más que el ir y venir de las olas en la costa y la voz de su conciencia castigándolo por ser un bruto egoísta.

Capítulo 11

POR PRIMERA vez en años, Rosalie durmió hasta tarde a la mañana siguiente. Se despertó como atontada y con la cabeza espesa.

Sorprendentemente no había dado vueltas y vueltas reproduciendo recuerdos en su cabeza y reviviendo antiguos temores y sufrimientos. Tampoco el enfrentamiento con Arik de la noche anterior la había mantenido despierta. Era como si tanto el cuerpo como la mente finalmente se hubieran apagado y le hubieran dado una noche de respiro.

Recordaba los brazos de Arik alrededor suyo. El sólido y masculino calor de su cuerpo. El latido de su corazón bajo la mejilla. La comodidad con que había compartido su preocupación y su abrazo protector.

Había sido suficiente para dejar a un lado la vieja ansiedad que siempre la asaltaba por las noches. Se había sentido vacía, exhausta y, finalmente, en paz.

Pero en ese momento, por la mañana, se había dado cuenta de que la paz era una ilusión. Ante ella seguía la verdad, negándose a callarse: se había enamorado.

Se había dejado llevar por la tentación y metido en una aventura y así había acabado. Estaba enamorada de Arik. Un hombre que hacía una semana que conocía. Un hombre arrogante y orgulloso y que siempre hacía las cosas a su manera.

Un hombre que había sido tierno y amable y que había atemperado su deseo por el temor y la desconfianza de ella.

Un hombre que tenía el conocimiento y la experiencia de un sibarita sensual. Con un pasado lleno de amantes y lujo.

Un hombre que le había hecho sentirse como si fuera el centro del mundo. Como si ninguna mujer pudiera compararse con ella.

Un hombre que trabajada duro no porque lo necesitase sino porque era su deber apoyar a su gente. Y porque no podría vivir sin nada que hacer.

Un hombre que le hacía sentir tanto...

Enterró la cara en la almohada mientras las lágrimas de la desesperación corrían por sus mejillas.

Quería lo imposible. Quería que él la quisiera, que sintiera sólo una parte del amor que ella sentía por él.

Quería el cuento de hadas.

Pero no había ninguna posibilidad. Había sido una diversión pasajera. Una mujer con la que matar el tiempo antes de volver a su vida acelerada. Le había contado poco de su mundo: los viajes, la agenda repleta, su recuperación en casa... Ella había sido un interludio entretenido para aliviar el aburrimiento.

Y estaba enfado porque lo había dejado a medias. No estaba acostumbrado a que las mujeres lo abandonaran antes de que él les dijera adiós. Con ese cuerpo devastador y esa riqueza, era un hombre acostumbrado a que las cosas se hicieran a su manera. Siempre.

Había sido el resentimiento lo que le había llevado a enfrentarse con ella la noche anterior. El resentimiento y la curiosidad.

Bueno, ella había satisfecho su curiosidad. Le había hablado de su pasado y recordaba perfectamente su mirada de horror. Había borrado la rabia y el deseo de sus ojos.

Ya sabía lo que era: una mujer permanentemente herida por un pasado que no podía cambiar. Una mujer que luchaba todos los días para construir un futuro para ella y para su hija. Que no podía dejarse mecer por sueños románticos.

Se sentó y se quitó el pelo de la cara.

Su padre se había ido cuando era pequeña. Su deserción la había hecho caer en una fantasía según la cual al final siempre todo acabaría bien. Se había vuelto reservada, introspectiva, sólo encontraba consuelo en su arte. Después, hasta eso le habían robado al abusar de ella. Casi había perdido las ganas de vivir, pero primero su madre y después Amy habían salido en su ayuda.

Se había convertido en madre y desde ese momento había luchado por salir del miedo y la miseria que la atenazaban. El futuro era suyo y lo construiría ella, con Amy.

Era todo lo que necesitaba. Su independencia. El amor de su hija. A su familia.

Y además, de nuevo, milagrosamente, volvía a tener su arte.

No necesitaba ningún hombre para estar completa.

Rosalie miró a la otra cama. Estaba vacía. Amy se habría ido a los establos a ver a los cachorros.

Sintió una punzada de ansiedad, pero inmediatamente se dio cuenta de que no estaría sola. Allí no. Aun así se levantó rápidamente. Se sentiría mejor con ella. Además la tendría lo bastante ocupada como para no pensar en Arik.

No volvería a verlo. No era posible que volviera allí mientras ella estuviera. Sería demasiado incómodo para él. ¿Cuánto tardaría en pasársele a ella el dolor por la pérdida?

Cuando Rosalie entró en el establo, oyó los gritos de alegría al fondo del edificio. Instintivamente se dio la vuelta en dirección a las risas de su hija y oyó una voz profunda diciendo algo que no pudo entender.

¡Arik! Reconocería esa voz en cualquier sitio.

Sintió un estremecimiento en el estómago y cómo se le endurecían los pezones.

¿Qué estaba él haciendo allí? Debería haber vuelto a su casa. Ya se había acabado el cumpleaños, no había nada que lo retuviera allí. Sobre todo después de lo que le había dicho la noche anterior.

Se apoyó en la pared. No era capaz de no reaccionar ante su presencia. Una buena razón para marcharse lo antes posible. En cuanto recogiera a su hija.

Cuadró los hombros y levantó la barbilla. Tenía las manos húmedas y se las metió en los bolsillos de los vaqueros. Después se dirigió hacia donde estaban intentando simular un aire de curiosidad.

—Si te acerco, tienes que prometerme no gritar ni mover los brazos —dijo Arik con una voz que hizo que se derritiera por dentro—. ¿De acuerdo?

—Vale —dijo Amy sin respiración fruto de la excitación y Rosalie aceleró el paso.

—Pon las manos así —dijo Arik—. Preparada. Déjala que vaya a ti. Si te mueves bruscamente, se asustará y no queremos que se asuste, ¿verdad?

—No, no queremos —repitió solemnemente Amy.

Rosalie alcanzó el fondo del establo a tiempo de oír a Amy dar grititos muy agudos y verla en los brazos de Arik. totalmente absorta contemplando una enorme yegua que se asomaba de su cuadra para mirar a la niña.

—¡Hace cosquillas!

—Sí, lo sé, está oliendo tu mano —explicó Arik—. Olfateando para ver si tienes algo de comer. ¿Te gustaría darle de comer?

—¡Sí!

—Sí, por favor, Amy —se oyó la voz de su madre corrigiéndola desde el otro lado de Arik.

—Sí, por favor.

Desde donde estaba sólo veía a su hija, totalmente concentrada en la yegua, y el gesto suave de Arik mientras miraba a la niña.

—Ya que lo has pedido tan bien, puedes darle de comer. Aquí tienes —Arik le dio a la niña un trozo de manzana—. No, así no. Tienes que poner la mano extendida y que Saki coma de ella —tomó la mano de la niña y la acercó a la yegua—. Así. Muy bien. ¿Lo habías hecho antes?

—No, nunca —respondió Amy emocionada—. Otra vez, por favor.

—Por su puesto. Le has dado de comer muy bien.

—¿Puedo montarme encima? La tía Belle y el tío Rafiq se montan.

Instintivamente, Rosalie fue a decir algo, pero Arik se le adelantó.

—Cuando seas más grande, a lo mejor.

—¿Cuándo será eso?

—Cuando lo diga tu madre —respondió Arik—. Aquí tienes más manzana para que se la des. ¿Estás preparada?

—Ajá —concentrada tendió la manzana y la yegua la tomó de la mano con precisión.

—Espera que tu madre vea lo bien que lo haces —dijo Arik—. Quedará impresionada.

—Estoy realmente impresionada —Rosalie dibujó una sonrisa tensa en su rostro y se acercó al grupo sin dejar de mirar a Amy.

—Mami, mami, ¿lo has visto? —preguntó la niña mientras se lanzaba a los brazos de su madre.

Sorprendida, Rosalie miró a los ojos a Arik preguntándose qué estaría pensado, pero, como siempre, su mirada era impenetrable. Atisbó un destello de calidez y nada más.

—Lo siento, Amy —dijo Arik—. Tengo que irme. Le prometí a Rafiq que probaría uno de sus caballos esta mañana. Voy a dar un paseo. A lo mejor otra mañana podemos desayunar juntos.

—¿Te vas a quedar aquí? —no pudo evitar preguntar bruscamente Rosalie.

—Así es —dijo inclinando la cabeza y alzando una ceja—. Rafiq me había invitado a quedarme unos días y había pensado que no podría porque tenía otro... compromiso —una llamarada brilló en sus ojos cuando la miró—, pero mis planes han cambiado y me quedaré al menos una semana —hizo una pequeña reverencia a Rosalie y sonrió a Amy—. Las veré luego, señoritas.

Una semana. ¡Una semana en la misma casa que Arik! Rosalie se enfrentó a un torbellino de emociones: temor, dolor, rabia... y ¿excitación? No. No podía ser tan estúpida y autodestructiva como para alegrarse de tener la oportunidad de verlo.

Estaba aturdida mientras caminaba de vuelta al palacio con su hija y su madre. Escuchaba su charla y sonreía y asentía en los momentos apropiados, pero sólo estaba realmente pendiente del nudo que tenía en el estómago.

Arik estaría en el palacio una semana y lo que había visto en su rostro le decía que no iba a tratar de evitarla. ¿Cómo iba a sobrevivir? ¿Cómo no iban a traicionarla sus sentimientos? ¿Cómo iba evitar lanzarse a sus brazos pidiendo una última caricia antes de la separación?

—Es un hombre muy agradable —oyó decir a su madre—. No tenía ni idea de que hubieras conocido a nadie mientras salías a pintar —esperó una respuesta.

—No me pareció importante en ese momento —dijo Rosalie encogiéndose de hombros y recolocándose a Amy en la cadera—. No creí que lo volviera a ver.

—Supongo. ¡Qué agradable sorpresa para los dos!

Rosalie miró a su madre de soslayo. Su madre siempre había visto muy lejos, sobre todo cuando estaba preocupada. Después de los últimos años, siempre mantenía un ojo protector sobre su hija.

Rosalie sabía que su familia había mirado a Arik y a ella con curiosidad la noche anterior. Y no había ninguna duda de que habían pasado un buen rato especulando sobre cuál sería la relación entre ellos. Había notado las miradas cargadas de significado entre su madre y Belle.

–Supongo que no lo veré mucho. Después de su conversación de anoche con Rafiq, se pasará todo el día en los establos.

Pero en eso se equivocaba.

Los siguientes días parecía que Arik estaba en cualquier lugar al que mirara. No la seguía, pero su presencia era inevitable. Lo trataban como a uno más de la familia, lo que significaba compartir las comidas. Era un tormento al que no podía escapar, a no ser que quisiera que su madre y su hermana con sus ojos de águila, empezaran a preocuparse por ella.

Cada mañana, cuando llevaba a la insistente Amy a los establos a ver a los animales, allí estaba él delante de una montura o hablando con Rafiq sobre la alimentación de los caballos. Y siempre dejaba lo que estaba haciendo para pasar un momento con la niña.

Ver a su hija deseando tanto la compañía de Arik, y verlo a él tan paciente, le hacía ablandarse peligrosamente. Algún día sería un gran padre. Cuando decidiera que era hora de sentar la cabeza y se estableciera con alguna chica de la alta sociedad o alguna princesa.

Pero no era sólo por la mañana cuando interrumpía su paz. Parecía que fuera donde fuera cuando Amy dormía, allí estaba él: en lo jardines tropicales de charla con su familia, leyendo en la biblioteca, nadando en la piscina...

Más de una vez lo había mirado escondida cruzar la piscina nadando una y otra vez. Esa visión la cautivaba.

Cada vez pasaba más tiempo en su habitación o jugando con Amy, hasta que su madre empezó a preguntar, así que tuvo que unirse a la familia y disimular, lo que significaba estar con Arik, que era uno de la familia. Había crecido con Rafiq y había sido uno de los primeros amigos de Belle en Q'aroum. Verlo reírse con su hermana era suficiente para que le cambiara el humor.

Sus sentimientos cuando los veía juntos, la tenían confundida. No podía tener celos de Belle. Sabía que su hermana estaba perdidamente enamorada de su guapo marido, pero eso no evitaba que sintiera una ligera punzada cuando los veía tan bien juntos. Había una facilidad entre ellos que Rosalie nunca podría compartir con él.

¡Cuánto deseaba poderse relajar en presencia de Arik! Disfrutar de su conversación sin sentirse culpable por desear lo que no podía tener.

Para empeorar las cosas, su familia estaba encantada con él. ¿Quién no? Era cortés, amable, atento, un gran conversador y un hombre que sabía escuchar.

Suspiró. ¡Era casi perfecto!

Belle siempre alababa su determinación y Rosalie se preguntaba qué opinaría si supiera que esa determinación la había concentrado en seducir a su hermana pequeña. Todavía se estremecía al pensar en el recuerdo prohibido de su calor, su mirada hambrienta y sus posesivas caricias.

Era un hombre impresionante. Y ése era el problema. No quería que le estuvieran recordando constantemente lo que podría haber tenido.

Todo lo que le pasaba tenía una palabra que lo nombraba: excitación. No importaba cuántas veces se repitiera que todo había terminado, no podía ignorar el secreto estremecimiento que recorría su cuerpo. Sólo tenía que oír su voz como terciopelo, oler su piel cuando pasaba cerca de ella y su cuerpo se retorcía de excitación. Preparado. Esperando. Deseando.

Aquello la enfurecía tanto como le hacía daño. Se había enamorado de él y no sabía si habría alguna salida. ¿No estaría condenada a sufrir esa tortura el resto de su vida?

Si pudiera escapar. Huir de esa situación en la que tenía que simular que disfrutaba mientras se moría de deseo por ese hombre fuera de su alcance.

A veces lo descubría mirándola. ¿Qué estaría pasando bajo esa máscara de control? ¿Seguiría enfadado con ella o sólo recordaría su triste historia de violencia e inocencia perdida? ¿Sentiría pena por ella?

Daba lo mismo. Su futuro estaba claro. Pronto volvería a casa y volvería a tomar las riendas de su vida. No se permitiría a sí misma seguir anhelando lo imposible.

Capítulo 12

ROSALIE salió de la habitación al ancho corredor sin hacer ruido. Amy se iba a quedar esa noche con una de las doncellas y no quería que se despertara. Le había costado siglos dormirla, en parte porque estaba muy excitada por ver a su madre así vestida.

Rosalie se pasó la mano por el suave satén de su vestido. Era un bonito regalo de Belle, con su delicado cuello bordado, el cuerpo ceñido y la femenina falda. La clase de vestido que Rosalie nunca se hubiera comprado, pero perfecto para la fiesta de esa noche.

Eso era algo que nunca envidiaría a su hermana. Podía tener una marido maravilloso, un hijo adorable, la carrera profesional que siempre había querido y una bendita vida en un palacio de hadas, pero por debajo de todo eso estaba el peso de la vida pública. Era la segunda recepción en una semana. Por suerte ella no tenía ninguna función oficial y podía perderse entre la multitud.

A pesar de no estar acostumbrada a los tacones, corrió un poco por el pasillo porque llegaba tarde. Al girar una esquina se topó con un hombre que iba en sentido contrario.

El pasillo estaba a oscuras, pero de inmediato supo que era Arik por su propia reacción: se quedó sin aire y una oleada de sensaciones le recorrió la piel. En su profundo interior sintió esa insidiosa marea de deseo que retorcía su vida.

–Puedes soltarme –dijo sin aire y con voz desigual.

Dio un paso atrás y salió de entre sus brazos. En la oscuridad no podía ver su expresión, pero sentía su mirada. Alzó la barbilla.

–¿Qué les pasa a las luces?

–Por eso he venido a buscarte. Rafiq y Belle ya están atendiendo a los invitados –en contraste, la voz de Arik era calmada–. ¿Te has fijado en los trabajadores que han estado poniendo cables nuevos en esta sección esta mañana? Bueno, pues parece que no habían probado la nueva instalación. Los siguientes pasillos también están sin luz y parece que va a llevar su tiempo resolver el problema.

Por supuesto. No podía haber una razón personal para que fuera a buscarla.

Era la primera vez que estaban solos desde que le había revelado los secretos de su pasado. Ya que sus ojos se habían acostumbrado a la oscuridad, veía por la luz de la luna que entraba por las ventanas. Arik se colocó al lado de ella y Rosalie sintió el calor de su cuerpo. La buscó con la manos y la agarró del codo. Ella se tambaleó y se hubiera caído de no ser por su apoyo.

–Quédate a mi lado, Rosalie. Así no te pasará nada.

–Puedo ver el camino bastante bien –intentó liberarse, un esfuerzo inútil dado que la tenía sujeta a uno de sus costados.

Sentía el fino algodón de la camisa de Arik debajo de los dedos, la caricia flotante de su larga capa contra los tobillos. Y su calor. ¿Cómo podía haber olvidado la intensidad del calor que desprendía su musculoso cuerpo?

–Estás más segura conmigo.

–Soy perfectamente capaz de caminar sin ayuda.

–¿Encuentras mi presencia tan desagradable? –dijo con tono crispado reduciendo la velocidad del paso–. ¿Por eso me evitas? –se detuvo y se quedó de pie delante de ella.

–Yo no te evito, yo...

–No mientas, Rosalie. Se te da muy mal.

Respiró de forma entrecortada y miró fijamente a la zona de oscuridad donde estaba el rostro de Arik. ¿Qué quería de ella ese hombre? Tendría que estar agradecido de que no hubiera sido pegajosa, de que no lo hubiera comprometido delante de la familia y de su primo.

Al menos tenía claro que no se había dado cuenta del esfuerzo que le costaba no mostrar interés por él.

–Deja que me marche, por favor. Prefiero caminar sola –no pudo ocultar el temblor en la voz.

Como respuesta él se limitó a ponerse a su lado y echar a andar tirando de ella.

–Y yo prefiero que aprovechemos esta oportunidad de hablar solos. Cada vez que me acerco a ti, te escabulles. Continuamente encuentras excusas para alejarte de mí.

–No hay nada de qué hablar. Lo nuestro se ha terminado –susurró.

–¿Nada que discutir? –la voz de Arik casi rechinaba justo encima de ella.

En un momento tiró de ella y se metieron por una puerta abierta que había a un lado del pasillo.

–¿Qué haces?

–Asegurarme de que estamos solos.

–No –sacudió la cabeza–. Belle y Rafiq nos están esperando. Tenemos que irnos ya –no podía decir nada más.

–Nadie nos echará de menos. ¡Y ya es hora de que aclaremos esto!

Rosalie dio un paso atrás en la penumbra y chocó con un sofá.

–No hay nada que aclarar. Hemos tenido una aventura. Y se acabó. Ahora seguimos caminos separados.

Arik se acercó un poco. Rosalie se mordió el labio

y permaneció erguida con las manos apoyadas en la tapicería que tenía detrás.

—No puedes ser tan ingenua como para creer algo así, Rosalie —su voz era seductora como el chocolate negro.

—¡Es la verdad!

La verdad.

¿Cuál era la verdad entre esa mujer y él?

Ella era como un incendio en la sangre. La quería en su cama; en realidad, anhelaba poseerla en cualquier sitio con tanta intensidad que era una auténtica tortura. No podía sacársela de la cabeza por mucho que se recordara constantemente las barreras que había entre los dos. Encima, además de la lujuria estaba algo más grande. Deseaba protegerla, cuidarla. Su dolor era el de él. Era como si hubiera absorbido su angustia.

¿Qué significaba todo eso?

Aquello superaba su experiencia. Y si había algo en lo que podía decir que tenía experiencia, era en materia de mujeres.

Lo único que sabía era que no podía separarse de ella y que eso era lo que debía hacer. Era como un satélite que no podía escapar de su órbita.

Aquella situación tenía que resolverse. No podía seguir así.

—Tenemos que hablar, Rosalie —a lo mejor hablando conseguía romper las ataduras y separarse de ella.

Ella negó con la cabeza y Arik tuvo que cerrar los puños para no agarrarla de los hombros y besarla. Tenía que mantener la cabeza fría.

Rosalie echó a andar en dirección a la puerta. Arik se dio la vuelta y antes de que saliera gritó:

—¡No!

Ella lo ignoró y siguió. Arik cerró la puerta.

–Arik. Abre la puerta, por favor. Quiero salir de aquí –dijo sin mirarlo.

La tensión se cortaba en el aire. Estaba muy cerca de ella, podía oler su fresco aroma, el de su piel mezclado con la fragancia del jabón.

No podía distraerse.

–Tenemos que hablar, Rosalie. Eso es todo.

Hubo un movimiento y ella se dio la vuelta para mirarlo. Arik podía oír su respiración breve y entrecortada y se le aceleró el pulso. Con el brazo manteniendo la puerta cerrada, estaban demasiado cerca como para pensar con claridad, pero no podía moverse, todavía no.

–¿No me has oído? –el tono era áspero, cortante–. No tenemos nada de qué hablar. Todo se ha terminado. Acabado. Agotado. Ya no hay nada entre nosotros, Arik.

Una vocecita en su cabeza le dijo que ella estaba atacando para protegerse. «Terminado», tenía que estar de broma.

Llevaba una semana intentando terminar con esa tortura. Intentando hacer lo debido. Y aun así algo lo mantenía allí.

Nunca antes había encontrado imposible cumplir con su deber.

Levantó la otra mano hasta la mejilla de ella y la acarició ligeramente con los dedos.

Ella suspiró y el sonido resonó con el de satisfacción que salió de los pulmones de él. Había deseado tocarla durante toda la semana.

–No se ha terminado, Rosalie. No mientras exista esto entre nosotros.

–¡Tiene que terminar!

El dorado cabello le acarició la mano cuando Rosalie sacudió la cabeza. Sintió sus cálidos dedos que le agarraban la mano, después la muñeca. De pronto estaba tirando como tratando de apartarle la mano de la mejilla.

–Es tu ego quien habla, Arik. No quiere admitir que se ha terminado porque he sido yo la que te ha dejado.

Sus palabras lo golpearon con la fuerza de un puñetazo. Podría haber sido así en otros casos, pero esa vez había otra cosa. Esa vez había algo... más.

–Así que no hay nada entre nosotros –Arik no reconocía esa voz áspera como suya.

Le agarró la mano y le pasó la otra por la mejilla, el pulgar por los labios. Iba a decirle que mentía cuando la lengua, caliente y seductora alcanzó el pulgar.

Arik rugió a causa de la oleada de fuego que sintió en el vientre. Esa simple caricia lo había puesto a punto al instante. Su cuerpo entero se puso rígido cuando ella se metió el dedo en la boca. Instintivamente, amplió la distancia entre ellos y cerró las rodillas para contener las oleadas de deseo que lo atravesaban.

En la penumbra, sus miradas se encontraron. Se miraron fijamente, sin parpadear, incitándose. Rindiéndose.

No recordaba haberle soltado la mano, pero debía de haberlo hecho porque estaba acariciándole un pecho mientras mantenía la otra mano en la boca.

Arik deslizó la mano desde la boca a la barbilla, el delicado cuello, el escote, hasta llegar al otro pecho.

–Todavía me deseas, ¿verdad, Rosalie?

Ella cerró los ojos y, mientras le acariciaba los pechos, se apoyó en la puerta y torció la cabeza ofreciendo el tentador cuello.

Arik se inclinó y se sumergió en su cálido aroma mientras lamía la delicada piel del cuello.

–Sí –fue más un suspiro que una palabra.

–Dilo, Rosalie –exigió él mientras apartaba la seda del corpiño.

Necesitaba oírlo. Cerró los labios sobre un duro pezón. Rosalie se retorció entre sus brazos agarrada a sus hombros.

—Te deseo, Arik —sonó como un gemido desesperado que lo incitó inmediatamente a la acción.

Las manos buscaron de modo automático por debajo de la larga falda, levantándola de modo que pudiera anclarse a ella.

Por supuesto, no era bastante. Se le aceleró la respiración mientras manipulaba los pantalones.

Ella tenía las manos sobre él y lo distraía mientras entre los dos intentaban desabrochar la camisa.

¡Sí! Por fin estaba libre de ropa. Buscó y encontró en ella una brizna de tela que cerraba el acceso al paraíso. La quitó de un simple tirón.

Calor, carne suave, pelo sedoso, cálida humedad. Se le paró la respiración al explorarla en su parte más íntima y sentir su cuerpo ya dispuesto al tiempo que oía un gemido de excitación.

No había tiempo para las palabras. Para las delicadezas. Arik sólo sentía el instinto de llenarla. De poseer a esa mujer.

—Por favor, Arik —dijo rodeándolo con los brazos, tirando de él.

La agarró de la cintura, la levantó un poco, la apoyó contra la puerta y se colocó él bien.

Lo rodeó con las piernas y lo atrajo hacia ella. Se agarró a la parte trasera del cuello y enterró los dedos entre el pelo.

Sólo con un empujón largo y decidido estaba dentro de ella.

El mundo se detuvo un instante mientras contenía la respiración y se decía que tenía que ir despacio.

—¡Sí! —dijo ella.

Eso acabó con el poco control que le quedaba. Tensó los músculos y corcoveó contra ella, cada vez más fuerte, cada vez más deprisa.

Los labios de Arik se movían por la delicada curva de la oreja mientras le decía lo bien que se sentía. Le decía que iba a llevarla hasta el éxtasis mientras embestía una y otra vez.

El árabe fue volviéndose más lento, menos fluido, quebrado según sus cuerpos se acompasaban en un ritmo frenético y urgente que tomó el control sobre ellos y los empujó contra la puerta.

Rosalie le dio la bienvenida, lo rodeó con más fuerza, hasta que el mundo empezó a dar vueltas y el ritmo escapó de su control. Éxtasis. Un aluvión de sensaciones exquisitas. Podía haber sido el fin del mundo y a Arik le hubiera dado igual. En ese momento, entre sus brazos tenía todo lo que quería.

Latió con fuerza dentro de ella y su esencia la llenó. Lo único que sabía era que, al margen de todo, aquello estaba bien.

La sostuvo entre sus brazos hasta que los últimos temblores de placer terminaron. Costaba respirar, pero no importaba. No quería soltarla nunca.

Pero las piernas se aflojaron, las manos se apoyaron en su pecho. La dejó bajar hasta el suelo mientras oía el acelerado ritmo de su respiración y sentía aún los estremecimientos de su cuerpo tras el éxtasis.

Arik sonrió y dio un paso atrás. Una vez que ella se sostenía por sí misma, la abrazó fuerte un segundo antes de volverla a soltar. Mejor mantener las manos fuera de ella mientras hablaban. Incluso después del salvaje orgasmo, no confiaba en su libido estando cerca de esa mujer.

Se estaba poniendo la ropa, tratando de volver a parecer respetable cuando un sonido le heló la sangre. Dos. El chirrido de la enorme puerta al abrirse casi consiguió apagar el otro: un angustiado gemido de Rosalie. Sintió que el pecho se le estrechaba al oír el sonido de la desesperación.

–Rosalie –tendió la mano, pero ella ya corría por el pasillo.

Se tropezó con algo, un par de zapatos abandonados, y perdió la oportunidad de alcanzarla.

Incluso aunque no la hubiera perseguido, habría podido oír el sonido de su llanto. Se paró al sentir una lanzada en el pecho.

Había sido él quien le había hecho eso. Con sus demandas, su violenta pasión, su insistencia.

Sabía cómo era ella, lo mucho que había sufrido. Se había jurado que mantendría las distancias y no lo había cumplido. Sólo quería hablar con ella y, sin embargo, había demandado, exigido y no le había hecho el amor, había sido algo sin ternura, salvaje.

Aun así había sido la unión sexual más perfecta de su vida y estaba casi seguro de que para ella también, pero ¿se había preocupado de preguntárselo?

Desde que había chocado con él en el pasillo, lo que ella había querido era marcharse. A lo mejor era mejor que la dejara sola.

Mecánicamente se abotonó la camisa y los pantalones. Se agachó a recoger los zapatos de Rosalie y vio algo en el suelo. Algo blanco.

Lo tocó con los dedos e inmediatamente reconoció la tela. No podía dejar allí la ropa interior de Rosalie para que la encontrara una de las doncellas. Se la metió en el bolsillo y respiró hondo.

¿Cómo iba a reparar lo que había hecho?

Un cuarto de hora después, cuando finalmente volvió al gran salón de la recepción, Arik lo único que se sentía era culpable. Era como una marca en la piel que se lo recordaba continuamente. Se sentía conmocionado por la enormidad de lo que acababa de suceder y el imborrable daño que había hecho a Rosalie.

Apenas era consciente de la abigarrada multitud que lo rodeaba mientras cruzaba el suelo de mármol intentando buscar a Rafiq para excusarse. Necesitaba estar solo para resolver aquello.

Detuvo el paso cuando se cruzó delante de él una pareja de mediana edad. Al hombre no lo conocía, pero la voz femenina le era familiar, era la de la mujer que había estado haciendo comentarios venenosos sobre Rosalie justo una semana antes.

Automáticamente se detuvo y un sexto sentido le dijo que se pusiera alerta. En medio de la cacofonía de voces su oído seleccionó una conversación.

Déja vu.

–Llamativa como era... pero ningún marido... qué daño hará a la reputación de la casa real...

Esa vez Arik estaba preparado casi para asesinar a la señora. La audacia de esa mujer era impresionante. Hablar así de Rosalie, en el palacio...

La vez anterior había actuado por puro instinto, pero esa vez se detuvo y absorbió completamente el impacto de la fea insinuación.

En medio de la niebla que la sensación de culpa había puesto en su cabeza, emergió una certeza. Le llegó casi como una visión cegadora. Casi sonrió de alivio.

Se apoyó las manos en las caderas, apoyó los pies bien separados y miró desde arriba a la pareja que tenía delante. Fue el gordo marido quien primero lo miró con un gesto de horror. Después la esposa, la cara pálida y quedándose sin palabras al ver la mirada de Arik.

Por encima de sus cabezas Arik se dio cuenta de un movimiento y levantó la vista para encontrarse con Rafiq que se dirigía hacia allí a través de la multitud.

«Demasiado tarde, primo. Voy a resolver esto de una vez por todas», pensó.

Arik volvió a mirar a la pareja. Ni siquiera se preocupó de bajar la voz. Tenía algo que decir y cuanta más gente lo oyera, mejor.

–Le advierto que es mejor que tenga la lengua quieta –ella fue a protestar por el tono, pero Arik apenas lo notó–. Nadie habla así de la mujer con la que tengo intención de casarme.

Capítulo 13

NO ME has preguntado por mis intenciones –dijo Arik mirando a su primo.

En su mirada se notaba cuánto le costaba no opinar sobre el asunto. Después de todo, Rosalie era, por matrimonio, una de las mujeres de su familia y era deber de Rafiq protegerla, especialmente si se enfrentaba al hombre que la había seducido y puesto en peligro su reputación.

–Si no te conociera tan bien como te conozco... –Rafiq hizo una pausa como considerando lo que iba a decir– además parece que en una noche de reflexión no has cambiado de idea.

Arik negó con la cabeza. Unas pocas horas sin dormir no habían cambiado en nada lo fundamental del problema.

–¿Sabes que es tan testaruda como su hermana? ¿Totalmente independiente?

–Lo sé.

No le dijo lo demás que sabía: que Rosalie lo odiaría por lo que había hecho. La había puesto en una situación insostenible. Saberlo era como un ácido que le corroía la conciencia.

–Seguramente puedo concederte un cuarto de hora, pero después de ese tiempo no puedo prometerte nada. Belle no querrá tenerla fuera del alcance de su vista.

Arik asintió. La oportunidad era demasiado pequeña, pero tenía que intentarlo.

Los dos hombres se dieron la vuelta al oír voces

que se acercaban. Un grupo emergió del palacio: Belle llevando a Adham, Amy saltando, la señora Winters y en el centro, como protegida por sus parientes, Rosalie, que parecía pálida y cansada.

Arik sintió una quemazón en el pecho al verla con ese aire sombrío y los hombros caídos. La culpa lo flagelaba.

–¡Tío Rafiq! ¡Arik! –fue Amy quien los vio primero y corrió en dirección a ellos.

Arik sintió una mano en el hombro y después Rafiq salió en dirección a su familia. Por primera vez en su vida, Arik sintió envidia al ver a Rafiq con su mujer y su hijo. Vio a Belle detenerse y pasar un brazo protector por los hombros de su hermana pequeña, entonces Maggie dijo algo a sus hijas y Belle se marchó con Rafiq.

Arik frunció el ceño. ¿Qué significaba todo aquello?

Después se le nubló la mente al ver los ojos de Rosalie llenos de sufrimiento. Él era el culpable.

Rosalie se detuvo al ver a Arik a la dorada luz de la mañana. Estaba de pie en la entrada de los establos, mirándola. El pulso se le disparó, después de una noche de amonestarse en silencio, seguía sin poder evitar reaccionar ante su presencia.

No importaba que sólo la quisiera para el sexo. Que sólo sintiera lascivia al verla. A su cuerpo no le importaba, sólo había que ver cómo había respondido la noche anterior. Estaba hambrienta de él. Sólo una caricia en el rostro y sentir su olor habían arruinado todas sus defensas. Lo había incitado a poseerla. ¡Había disfrutado de su rápido y casi violento acoplamiento contra una puerta!

Había sido después, cuando ya era demasiado tarde, cuando se había dado cuenta de lo que había hecho. Se había perdido el respeto a sí misma por un poco de sexo a oscuras.

Sintió el calor en las mejillas cuando se encontraron sus miradas, pero no podía ocultarse la verdad. A pesar de todo lo que había pasado, era la excitación lo que recorría su cuerpo.

Se mordió el tembloroso labio. ¿Cuándo aprendería a controlar esas primitivas emociones? ¿El estúpido y sin sentido deseo de un hombre que no la necesitaba?

Levantó la mandíbula para no sentirse intimidada y vio cómo Amy pasaba de largo de Rafiq, corría en dirección a Arik y saltaba a sus brazos.

Algo la sacudió por dentro al ver a la niñita entre los brazos del hombre a quien ella tenía que evitar a toda costa. El hombre que podía seducirla sin siquiera intentarlo, que tenía su corazón en las manos y ni siquiera lo sabía.

–Sería mejor que fueras con Amy a ver los cachorros –le dijo su madre cerca del oído–. Sabes que no se quedará tranquila hasta que los vea. Nosotras seguimos al desayuno campestre que Rafiq ha preparado.

Rosalie miró en dirección a la pintoresca carpa donde el servicio había llevado bandejas y bandejas de comida. Rafiq y Belle ya iban hacia allí.

Rosalie suspiró. Tenía que enfrentarse a Arik en algún momento. Mejor con Amy cerca para mantener la perspectiva. A lo mejor podía convencerlo de que sólo había sido una aventura de vacaciones. Algún día, seguramente, hasta ella empezaría a creerlo.

–¿Estás preparada para ver los cachorros, corazón? –a lo mejor si sólo miraba a su hija...

–Ajá –asintió la niña y se movió para que la bajara al suelo, pero una vez en el suelo le dio una mano a ella y otra Arik.

Podía sentir perfectamente la rigidez de Arik claramente horrorizado por lo íntimo del gesto de Amy. Un segundo después, vio su enorme mano envolviendo la de la niña. Rosalie la agarró de la otra y se dijo que mejor no pensar en el grupo que hacían: el hombre fuerte y guapo, la preciosa niñita y la mujer que amaba a ambos. Casi una familia.

Rosalie tragó para contener las lágrimas. Tenía que acabar con todo eso. Ella era fuerte, no habría sobrevivido los pasados años si se hubiera dejado llevar por la autocompasión.

Así que se colocó una sonrisa en la cara y dijo:

—Sólo una visita rápida. Amy. Todo el mundo nos espera para desayunar.

—Sí, mamá —pero la niña ya estaba de rodillas rodeada de una móvil masa de cachorros de peluche.

Eso dejó a Rosalie de pie sola.

—Rosalie —dijo Arik con su devastadora voz—. Tengo que decirte...

—No hay nada que decir —dijo entre dientes y se alejó.

—Te equivocas, *habibti*...

—¡No me llames así! —dijo intentando contener la emoción.

No podía soportar que la llamara cariño, no cuando sabía que para él no significaba nada.

Como respuesta, Arik la agarró de la mano. Ella tiró intentando desesperadamente poner algo más de distancia entre los dos, pero no pudo vencer su fuerza. No sin hacer algún movimiento más brusco que hubiera atraído la atención de Amy.

—Bueno, ¿qué tienes que decirme? —clavó en él una mirada salvaje.

—Anoche...

—Sería mejor no hablar de eso.

—Anoche —continuó con voz suave y falta de expresión— cuando llegué a la recepción, descubrí a alguien murmurando —hizo una pausa y respiró hondo— sobre ti.

Rosalie se giró para mirarlo. ¿Qué demonios estaba pasando?

–¿Sobre mí? –sacudió la cabeza, de todo lo que podía decir aquello era lo último que esperaba.

–Sobre que Amy no tenga padre.

Rosalie sintió como un golpe en el pecho. Emoción. Indignación. Rabia. Incredulidad.

–Eso es sólo asunto mío –dijo con los dientes apretados incapaz de creer que hubiera gente tan maliciosa como para hacer ese tipo de comentarios.

Se había dado cuenta de que no estaba en casa. Estaba en un país extranjero. Un país donde las costumbres y las expectativas eran distintas a las del suyo.

Aun así, no tenía nada de qué avergonzarse.

–Tengo que decirte que lo convertí en asunto mío.

–¿Cómo? –Rosalie sintió que se le erizaba el pelo de la nuca.

Algo iba muy mal. Hubo un largo silencio.

–Anuncié que estabas bajo mi protección. Que nos íbamos a casar.

Delante de ellos, completamente ajena a la bomba que acababa de soltar Arik, Amy reía mientras uno de los perritos se le había subido a las piernas y le lamía la barbilla.

Rosalie la miraba intentando poner en orden sus ideas. Imposible. Increíble.

–No tenías derecho –se dio la vuelta y miró su rostro impenetrable.

–Era mi deber protegerte.

–¿Tu deber? –alzó tanto la voz que Amy se volvió un instante a mirar–. No tienes ningún deber conmigo –dijo en un susurro recuperando de nuevo el control de la voz–. Puedo enfrentarme sola a mis propias batallas.

–¿Y si yo quiero luchar a tu lado?

Ella negó con la cabeza y trató de soltarse la mano. Como respuesta él le agarró la otra con lo que no podía escapar sin atraer la atención de la niña.

–No seas absurdo. ¡No soy nada tuyo!

–Sigues diciendo eso –sonrió– y eres la mujer con la que voy a casarme.

Si no la hubiera estado sujetando, se habría caído derretida al suelo. Lo miró a los ojos, pero no encontró en ellos ni un pizca de emoción.

–Eso no es gracioso –dijo con un estremecimiento en la voz.

–No, Rosalie, no es gracioso.

–No puedes ser tan... anticuado como para esperar que me case contigo para evitar unos estúpidos chismorreos.

–¿No te importa lo que la gente diga de ti? ¿De Amy?

–Por supuesto que me importa, pero no voy a permitir que la maledicencia me obligue a un absurdo matrimonio.

–¿Así que la idea de casarte conmigo te parece absurda? –la voz profunda resonaba en todo su cuerpo.

–Yo... –buscó una mentira creíble.

–Como esposa de un jeque, estarás por encima de cualquier recriminación. Serás respetada. Incluso reverenciada.

No podía creer lo que estaba oyendo. Estaba hablando de todo aquello como si fuera remotamente plausible. Él y ella. Marido y mujer. Incluso en una situación como ésa, no podía quitarse de la cabeza su secreta y absurda esperanza de que... de que él la amara.

–Es una pura especulación –dijo en un murmullo–. No va a suceder.

–Rosalie, quiero casarme contigo.

Ella negó con la cabeza. Aquello pasaba ya de la broma. No podía estar haciéndole algo así.

–No me mientas, Arik. No importa. De verdad. Sobreviviré a los chismorreos.

–¿No serías feliz viviendo conmigo, aquí en Q'aroum?

Rosalie cerró los ojos. Era demasiado tentador. Por supuesto que podía ser feliz allí. Estaría en el séptimo cielo si Arik la amara, pero eso no era posible, ella vivía en el mundo real. Abrió los ojos.

–No hay ninguna posibilidad de que nos casemos. Habría sido mejor que no hubieras dicho nada anoche –se había puesto en una posición incómoda por hablar demasiado.

Lo que le preocuparía sería su reputación, no la de ella.

–¿No te casarás conmigo?

–No –ya era demasiado–. Por favor, no...

–Rosalie, *Habibti* –la abrazó.

El calor de su cuerpo le nublaba la mente. Todo aquello era una locura.

–Voy a volver a Australia muy pronto –daban igual las ideas de Q'aroum, en su país había otras.

–Entonces, te seguiré.

–No entiendo por qué harías...

–Si allí es donde estás tú, entonces será donde esté yo. Ya sabes que no soy un hombre que se rinda fácilmente –la miró y esa vez sí había una fuerte emoción en sus ojos–. Te quiero Rosalie e intento tenerte.

–¡No! –¿qué clase de juego era ése?–. Se acabó, Arik. No quiero más aventuras. No puedo seguir con esto más tiempo.

–Yo tampoco, pequeña. Esto me está destrozando –la acarició en la mejilla y le pasó el pulgar por los labios–. Te amo, Rosalie Winters. Quiero pasar mi vida contigo –sonrió con una mezcla de dolor–. Quiero una aventura contigo que dure toda la vida.

Lo miró. Había visto en sus labios la palabra. La había oído, pero no podía ser cierto.

–No hay necesidad de mentir, Arik. No hay necesidad de ser galante.

–¿Galante? Para mi vergüenza eso es algo que no he sido contigo, *habibti*. He sido de vista corta, egoísta. Un esclavo del deseo –volvió a acariciarla–. Creía que sabía lo que quería. Menudo imbécil he sido –bajó la cabeza y le rozó la mejilla con el rostro–. No tenía ni idea.

–¿Me amas? –consiguió por fin decir.

–Te adoro, Rosalie. Adoro tu pasión, tu belleza, tu cuerpo seductor. Pero por encima de todo, adoro tu espíritu, tu cabezonería, la fuerza de tu carácter –se separó lo justo para mirarla a los ojos–. Eres tan bonita por dentro como por fuera. Nunca he conocido una mujer como tú. Planeaba seducirte, pero has sido tú la que me ha seducido a mí. No puedo dejar de pensar en ti –la miró con los ojos llenos de fuego y Rosalie sintió que su helado corazón volvía a la vida–. Lo que siento es más fuerte que el deber o el honor. No tiene nada que ver con acallar chismorreos.

–Pero tú no quieres una esposa.

–No tenía planeado tener esposa. Estaba contento con la vida que llevaba, hasta que te conocí. Has puesto mi mundo patas arriba –la acarició más despacio y ella sintió que se derretía–. Te quería sólo para el sexo, pensaba que sabría manejarlo, pero me equivoqué. Has sido tú la que me ha enseñado. Con tu sinceridad, con algo más fuerte que la simple lujuria. Con amor. Estar contigo ha sido diferente a estar con ninguna otra mujer.

–¡No! Sólo soy una novedad para ti. Eso es todo. Soy diferente de las otras mujeres que has... tenido –estaría intrigado con ella, pero se le pasaría.

–¿Tienes tan poca confianza en ti misma que te crees eso? –dijo apretando las manos.

Rosalie negó con la cabeza. No podía ser cierto. No podía. ¿Por qué se empeñaba en convencerla de algo que era completamente imposible?

–Apenas me conoces.

–Te conozco, Rosalie. Te conozco lo bastante como para querer pasar el resto de mi vida contigo, pero puedo entender que sea demasiado rápido para ti, cariño. Te daré tiempo –la abrazó más fuerte haciendo

que ella apoyara la cabeza en su pecho. Estaba en el
paraíso–. En el pasado te han tratado mal. Tienes toda
la razón en no confiar, lo entiendo –sentía la vibración
de su voz en el pecho–. Además yo he incrementado tu
falta de confianza, perdiendo el control, reabriendo
viejas heridas. No puedo esperar que me ames... todavía. Pero si nos damos tiempo, Rosalie, verás que
puedo ser algo más que un amante. Seré un buen marido, un padre amoroso para Amy.

Amy. Rosalie respiró hondo. ¡Quería ser un padre
para Amy! ¿Arik se estaba comprometiendo a hacerse
cargo de su hija? En un país donde las tradiciones y el
derecho por nacimiento lo era todo, quería ser el padre
de su hija.

Rosalie levantó la cabeza y parpadeando para contener las lágrimas lo miró.

–¿Quieres ser un padre para Amy?

–Por supuesto. Es parte de ti. Y es especial. Tan brillante, tan bonita, tan... ¡Rosalie! ¿Qué pasa? No llores,
no llores, por favor –la abrazó más fuerte, tan fuerte que
casi se derretían el uno en el otro.

Rosalie sacudió la cabeza sabiendo de repente que
todo aquello estaba bien. Tan perfecto que era mejor
que sus fantasías secretas. ¿Qué sueño podía igualarse
al amor de Arik?

Se puso de puntillas y lo besó en los labios.

Al instante él le devolvió el beso con una pasión
que hablaba de deseos retenidos. Su abrazo era pose-
sivo y en la dureza de su cuerpo notaba un deseo que
igualaba al de ella. El calor entre los dos era el de un
volcán. Se apretó contra él y oyó un gemido.

–No, Rosalie. No debemos –apoyó la frente en la de
ella–. Aquí no, ahora no.

–Te amo, Arik –susurró.

–¡Rosalie! –le alzó la barbilla para mirarla a los ojos–.
¿Qué has dicho?

–Te amo –sonrió a través de lágrimas de felicidad–.
Te he amado desde el principio, ¿no lo sabías? Por eso
huí. No podía soportar que tú sólo quisieras...

–Shhh, pequeña. No lo digas. No me recuerdes lo
superficial que he sido –la llevó contra la pared y empezó a acariciarla despacio–. Entonces, ¿te casarás
conmigo? Dilo, Rosalie. Di que te casarás conmigo.

–Eres el único hombre del mundo con el que podría
casarme, Arik. Te quiero tanto...

El resto de sus palabras se ahogaron en el beso.

–¡Mami! –unas diminutas manos tiraron de los pantalones de Rosalie y al instante Arik se separó de ella.

Se miraron en silencio sabiendo que sólo unos minutos más tarde esos pantalones no hubieran estado en
su sitio.

–¿Por qué besas a Arik, mamá?

Rosalie miró el rostro curioso de su hija. Se agachó
y la tomó en brazos.

–Porque lo amo, cariño. Y él me ama a mí –contuvo
la respiración consciente de la tensión de Arik–. Quiere
ser tu papá, Amy. Quiere que vivamos con él.

–¿De verdad? –preguntó la niña con los ojos muy
abiertos.

–De verdad –respondió Arik–. También quiero que
seas mi niñita. Seremos una familia.

–¿Y la abuela?

–La abuela también.

–¿Y la tía Belle y el tío Rafiq y Adham?

–Ya son mi familia, Amy.

–Bien. Me gusta mi familia –miró a Arik–. Tú también me gustas –le lanzó un beso–. ¿Podemos desayunar ya? Tengo hambre.

Rosalie no pudo contener un ataque de risa histérica
al ver el gesto de Arik.

–Vete, corazón. Ahora te seguimos nosotros –la
dejó en el suelo y la vio salir por la puerta.

–La aprobación final –murmuró él.

–Falta la de tu familia –recordó ella de pronto.

–No te preocupes –se llevó una mano de ella a la mejilla–. Mi madre llamó desde su apartamento de París y está deseando conocerte. Lleva siglos deseando que siente la cabeza, aunque sospecho que lo que le interesa es tu pintura. La ha visto y le ha gustado. Piensa que finalmente estoy mostrando algo de criterio al elegir a una artista.

–¿De verdad?

–Sí, de verdad –le acarició el cuello–. ¿Sabes? Pensaba que sería más seguro hablar contigo aquí, delante de Amy –la mano siguió en su recorrido hacia abajo, hasta el primer botón de la blusa–. Pensaba que podría mantener mis manos lejos de ti si ella estaba delante.

–¿Te has declarado en un establo porque no confiabas en ti mismo si estábamos solos? –no sabía si reírse o mostrarse horrorizada.

–Por supuesto. Era mejor que en un lugar romántico donde podría tener la tentación de seducirte.

–¿Y aquí no te sientes tentado?

Negó con la cabeza y le desabrochó el primer botón.

–Siempre me tientas, corazón. Tenemos que casarnos ya. Lo eres todo para mí –murmuró con los labios apoyados en la piel del cuello mientras seguía desabrochando botones.

–Amy podría volver –dijo ella cuando llegó con la boca a uno de sus pechos.

–Rafiq no la dejará. Mi primo no es tonto –con un rápido movimiento le desabrochó el sujetador.

–Nos esperan para desayunar.

–Más tarde –pasó la mano por la cintura del pantalón y sonrió apoyado en un pecho–. El desayuno puede esperar.

Bianca™

Era el hombre más guapo que había visto en su vida, pero siendo su jefe... para ella era un fruto prohibido

Georgia Cameron siempre había estado muy protegida. Después de la muerte de sus padres, había criado sola a su hermano pequeño y lo había sacrificado todo por él. Incluyendo el tener algún tipo de relación con un hombre.

Entonces, conoció a su nuevo jefe, Keir Strachan, propietario de las mansiones más hermosas de Escocia, y quedo completamente cautivada.

Lo que no sospechaba era que Keir intentaría seducirla... y de un modo muy convincente. Lo malo era que él sólo buscaba algo temporal... pero entonces Georgia descubrió que estaba embarazada.

HARLEQUIN™
Bianca
El hijo del jefe
Maggie Cox

El hijo del jefe

Maggie Cox

Acepte 2 de nuestras mejores novelas de amor GRATIS

¡Y reciba un regalo sorpresa!

La mujer más maravillosa
Marion Lennox

HARLEQUIN® Jazmín

La mujer más maravillosa
Marion Lennox

Padre sexy y soltero busca niñera para realizar milagros... ¡y casarse!

Como hija única que era, Shanni Jefferson no estaba acostumbrada a vivir en familia, pero después de haberse quedado sin trabajo y sin casa, no le quedó más remedio que aceptar un trabajo de niñera interna. Cuidar a un niño pequeño no podía ser tan difícil...

Lo que no sospechaba era que Pierce MacLachlan no le había dicho toda la verdad: en lugar de un niño, eran cinco. Y él no podía más con aquella prole caótica pero adorable.

Cada noche, cuando los niños dormían plácidamente, Shanni se preguntaba cómo sería la vida en familia... con el guapísimo Pierce.

Deseo™

Seductora venganza

Maxine Sullivan

El deseo que el millonario Brant Matthews sentía por su secretaria no hizo más que aumentar cuando supo que estaba prometida con su socio. Brant sabía que Kia no estaba enamorada de aquel hombre y se dispuso a averiguar a qué estaba jugando.

La sorprendente petición de hacerse pasar por la prometida de un hombre le facilitaría a Kia un respiro de Brant. Jamás intentaría seducirla si creía que pertenecía a otro hombre... o al menos eso pensaba ella.

**Había subestimado su sed de venganza...
y su deseo por ella**